I0612854

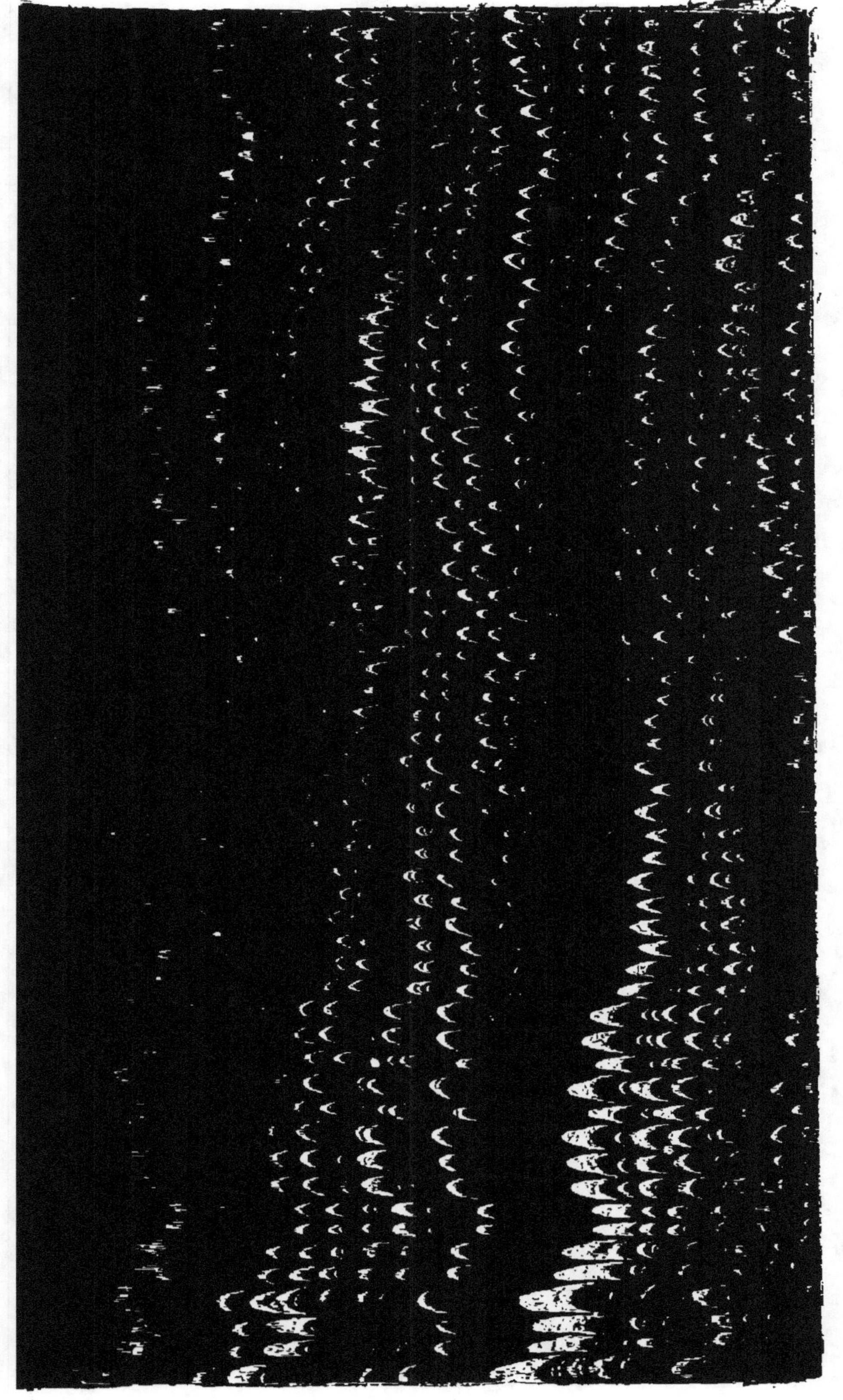

AVENTURES
CURIEUSES ET PLAISANTES
DE M. GALIMAFRÉE.

Mr. Galimafrée à la Promenade du Palais-Royal.

AVENTURES

CURIEUSES ET PLAISANTES

DE

M. GALIMAFRÉE,

HOMME DU JOUR,

Ouvrage que personne n'a jamais lu et que tout le monde lira ;

PAR UN SOLITAIRE DU PALAIS-ROYAL.

Honni soit qui mal y pense.

PARIS.

IMBERT, Fils, Libraire, boulevard Saint-Martin, n°. 27.

1814.

AU LECTEUR.

Cette critique très-ingénieuse et très-piquante de M. Galimafrée, fera reconnaître plus d'un original ; la description de leurs portraits n'est point assez basse pour révolter une honnête délicatesse, et l'Auteur, quelle que soit son envie de faire rire et d'amuser le lecteur, a toujours su conserver le milieu dans sa critique.

L'on verra dans ce petit ouvrage mille choses sérieuses qui n'effraient plus, mais qui feront rire, ainsi que la *Promenade au Palais-Royal*, dont l'idée originale fera encore sourire comme dans le temps de sa célébrité.

Cet ouvrage en conséquence peut être mis entre les mains de tout le monde ; les pères et mères pourront en permettre la lecture à leurs enfans de l'un et de l'autre sexe.

Nous avons jugé à propos de donner cet *Avis au Lecteur*, afin que les personnes qui connaissent *quelques* aventures de M...... Galimafrée n'aillent point croire que nous avons transmis, *à la lettre*, son histoire : nous avons retranché ce que la décence ne permettait nullement de rapporter ici.

AVENTURES CURIEUSES ET PLAISANTES DE M. GALIMAFRÉE.

CHAPITRE Ier.

Naissance de M. Galimafrée.

DANS une île de la Méditerranée, de la mer Adriatique, de la mer du Sud ou de la mer Glaciale, je ne sais pas trop laquelle; mais peu m'importe; il était midi, tout était paisible, et tout le monde dormait : car dans ce pays-là on dort pendant que l'on veille dans ce pays-ci. Dans cet univers, en général, tout le monde n'a pas les yeux ouverts à la fois, et, grâce à la sieste, le nombre de ceux qui les ont fermés est toujours plus grand que le nombre de ceux qui les ont ouverts, afin que cette parole soit accomplie : *Il y en aura toujours plus qui ne verront pas clair, qu'il n'y en aura qui verront clair.* Dans une île donc de la Méditerranée, de la mer Adriatique, de la mer du Sud ou de la mer Glaciale, il était midi, tout était paisible, et tout le monde dormait; chose que l'on n'osera plus, j'espère, me contester. Tout à coup un grand bruit se fait entendre dans l'une des maisons d'un village situé au milieu ou vers les extrémités de l'île. C'est un mari et une femme qui se disputent. Dans ce pays-là comme dans ce pays-ci, les voisins sont tellement au fait de ces sortes de choses, qu'elles ne les réveillent pas. La dispute était vive cependant : — « et je l'aurai, et tu ne l'auras pas ! » C'était comme ici à ce spectacle ambulant qui fait les délices des laquais et des femmes de chambre. Un morceau de tiran était l'objet de cette contestation : un morceau de tiran ! pour des gens qui soupent tard ! voilà qui est se quereller à bon marché. Ah ! dame, c'étaient encore une fois le mari et la femme; et autant les amans aiment à se trouver de bon accord à ce dernier moment de la journée, autant les époux se querellent volontiers; et l'on dit que ces querelles les aident à dormir.—« Ma femme! — Mon mari! — Vous ne m'aimez plus, ma femme! — Vous ne m'aimez plus, mon mari! — Il y a longtemps que je m'en aperçois. — Et moi aussi. — Tant de bruit pour un morceau de tiran! dans l'état où vous êtes! puisse votre fruit n'en être pas marqué! — C'est ce qu'il vous faut, messieurs, des tyrans, et vous savez bien ensuite vous en dédommager sur nous. Si vous obéissez au-dehors, vous savez bien commander au-dedans. Un tyran! c'est quelque chose au moins; et il en est tant parmi vous qui ne sont rien, moins que rien. Mon mari, votre fils sera quelque chose. —Mon fils!.... — Comptez vous le nier? — Cela dépendra... — Que voulez-vous dire? — Comme je ne suis pas sûr que...

— Avec qui oseriez-vous m'accuser d'avoir eu un commerce criminel ? — Je n'oserais le dire, de peur de me faire des mauvaises affaires ; mais enfin, suffit. — Monsieur, de qui prétendez-vous donc me faire tenir cet enfant ? — Ah, madame, que sais-je, moi ? vous êtes avec tout le monde d'une familiarité !.... telle.... que je serais tenté de croire.... — Quoi, monsieur ? — Monsieur le bailli vient ici.... monsieur son greffier aussi ; et puis monsieur l'assesseur ; et puis monsieur le juge ; et puis monsieur le conseiller ; et puis, et puis.... — Et puis notre enfant serait comme cela...— Une véritable galimafrée, madame. — Une galimafrée ! l'expression est aussi bien choisie que l'idée est noble et consolante ! » et une assiette a volé à la tête du grossier époux. Il y riposte par une autre pièce du service. Bientôt toute la vaisselle est en l'air. Les voisins s'éveillent à ce bruit ; ils accourent et font cesser le combat. On s'explique, on force les époux de s'embrasser ; et chacun s'en va en riant du motif de la querelle, et du mot terrible à la fois et grotesque qui l'avait changée en un combat. « Une galimafrée! oh! une galimafrée !.... Quoi! madame une telle !.... Il faut bien que cela soit, puisque son mari lui-même le dit.» Et, dans tout le canton, dans toute la province, dans toute l'île, voilà madame *** qui passe pour une femme.... comme il y en a tant d'autres, parce que son mari est un jaloux sans raison ; et parce que tel jour, à telle heure, ce mari était de mauvaise humeur, et voulait absolument manger le plus mauvais morceau du souper que madame sa femme lui disputait, *par envie*, ou par esprit de contradiction ! Hélas! dans ce pays-ci comme dans ce pays-là, que de mauvaises réputations ne sont pas mieux méritées, et que de bonnes n'ont pas de meilleurs fondemens !

Madame *** ne pouvait pas toujours être grosse ; ce n'est l'usage dans aucun pays : elle accoucha donc d'un gros et beau garçon. En voyant la sage-femme traverser le village pour le porter à l'église, chacun se disait en se poussant le coude : « C'est le petit Galimafrée, » et le nom lui en resta ; et en grandissant il s'accoutuma si bien à se l'entendre donner, qu'il semblait qu'il n'eût jamais dû en avoir un autre. « Hé, petit Galimafrée ! bonjour, petit Galimafrée ! » Il répondait à ce sobriquet comme à une marque d'amitié, sans que le pauvre enfant se doutât.... A quoi bon tout approfondir ? y gagne-t-on toujours ? ne gâte-t-on pas la rose en l'effeuillant, pour connaître l'arrangement intérieur qui en fait une fleur si belle et si agréable à la vue ?

CHAPITRE II.

Education et caractère de M. Galimafrée. — Il vient à Paris, et y fait son entrée dans le monde.

On ne laissa pas le petit Galimafrée manquer de maîtres. Il en eut à tous prix, et de toutes les façons. On lui enseigna et le français, et le grec, et le latin, et la grammaire, et la géométrie, et la géographie... M. le bailli, instruit des propos que l'on avait tenus et que l'on tenait encore, y voulut pourvoir lui-même : « S'il passe pour mon fils, se dit-il, au moins qu'il ne passe pas en même temps pour un sot. » Le jeune Galimafrée avait des dispositions ; il en sut bientôt autant que ses maîtres, et bientôt il ne les écouta plus que par complaisance. Qu'il souffrait sous leur férule ! Déjà son goût pour les choses élevées se déclarait, et avec lui ce caractère entier qui, par la suite, le fit remarquer dans bien des occasions. Un savant voulut essayer de voler dans ce pays-là. Il faisait humide, et le savant n'osait, au moment de partir, risquer son voyage. Le petit Galimafrée voulut prendre ses ailes et sa place. Il fallut employer la force pour le retenir, et dans sa petite colère il blessa même le savant avec un joujou que l'on avait imprudemment laissé à sa disposition. « Faisons-le voyager, se dit M. Galimafrée ; ce jeune homme-là nous ferait quelque sottise ici : » et il l'expédia pour Paris.

En peu de temps M. Galimafrée eut pris le ton de la capitale, et on put l'appeler *un jeune homme du bon ton*. Qu'on en juge par le portrait que nous en allons faire. Le matin, sur les neuf heures, il commençait à songer à se lever ; à dix il s'affublait de son négligé. Après avoir erré quelque temps il entrait dans le premier café *un peu passable* qui se trouvait sur son chemin, se jetait à tout hasard sur le premier siége qui s'y offrait à ses regards, de manière à ce que ses jambes, *merveilleusement étendues*, remplissent la moitié du café. « Garçon, s'écriait-il ensuite, du café ! et pas fort ; je suis sujet aux vapeurs, aux attaques de nerfs; » et laissant tomber son chapeau sur la table, il passait trois ou quatre fois sa main sur sa tête, plutôt pour déranger que pour arranger ses cheveux, en grimaçant trois ou quatre sourires gracieux à la maîtresse de la maison. Il prenait son café en minaudant, puis jetait son argent sur la table avec grand bruit, et sortait en souriant à la maîtresse de la maison, et ne daignant pas même saluer les personnes qui se trouvaient sur son passage, trop heureux si dans sa marche distraite il n'en estropiait pas quelqu'une. En sortant de là il prenait un cabriolet, et se mettait à courir les toilettes. Il avait un billet doux à donner à l'une, des reproches à faire à l'autre : celle-ci a besoin pour lui plaire qu'on loue sa coiffure, et qu'on vante l'élégance de ses robes, bien ou mal faites; celle-là n'aurait aucunes bontés pour vous si vous ne vous occupiez pas infiniment de son petit chien, qui est bien le plus joli petit animal!... Il vous pisse sur les jambes, et couvre votre habit de poil; mais ce sont des gentillesses, cela. Pour devenir le favori de Cidalise, il faut pleurer avec elle quand elle est dans ses momens de sensibilité : vous n'auriez rien d'Aglaé si vous ne lui parliez pas avec dureté, avec insolence même; ce sont de ces caractères naturellement bas, qui veulent être dominés. Il lui faut un tyran, et il est nécessaire que ce qu'elle accorde elle le cède; elle ne peut aimer qu'on ne la force d'aimer. En entrant chez Araminthe, M. Galimafrée n'oubliera pas qu'il faut qu'il appelle la dame du lieu mademoiselle Araminthe, quoiqu'elle soit mariée depuis quinze bonnes années. Que voulez-vous? c'est là sa manie :

elle veut qu'on l'appelle mademoiselle : il lui semble alors qu'on va la demander en mariage, et c'est une si jolie chose !... quand on a trente - quatre ans !... Cela vous rajeunit de dix-huit au moins !

M. Galimafrée se fait ensuite conduire à son hôtel, s'habille dans toutes les formes et va dîner chez un des meilleurs traiteurs, et où il s'est promis d'avance de ne rien trouver bon. Consommé détestable, bifteck détestable, poularde détestable, vin détestable, pain détestable, M. Galimafrée le dit tout haut; les honnêtes gens haussent les épaules ; les sots finissent par le croire et par l'imiter.

C'est dans un café qu'il va se plaindre amèrement du mauvais dîner qu'il vient de faire. « Mais on n'est bien traité que chez soi. Il prendra bientôt un cuisinier, et alors il faudra que tout aille comme il faut. »

Au sortir du café il va s'asseoir à la promenade pour critiquer ceux-ci, ceux-là, assez haut pour qu'ils l'entendent. Il entre ensuite au spectacle, sans lire aucune affiche, sans savoir même où il entre ; qu'importe, tout encore là sera détestable : c'est ce que M. Galimafrée a soin de répéter de temps en temps tout haut, et de manière à se faire remarquer. Il a encore soin au reste de rire aux endroits des pièces où tout le monde pleure, et de hausser les épaules, de pitié, quand on applaudit. S'il sort de sa loge, ou qu'il y rentre, il pousse la porte avec un tel fracas que toute la salle en retentit. Il sort ordinairement avant la fin du spectacle, et c'est pour témoigner en descendant son mécontentement aux ouvreuses de loges et aux receveurs de billets. « Hélas ! mesdames, on ne voudra bientôt plus venir chez vous : plus d'auteurs, plus d'acteurs, plus de musique ; on finira vraiment par aller voir les fantoccini. »

Il en coûte pour répéter tous les jours cette même comédie. Bientôt le gousset de M. Galimafrée fut à sec, et le papa et la maman étant à la même époque morts insolvables, on se trouva dans un grand embarras. On vécut quelque temps à crédit; mais cela n'alla pas bien loin : on se mit à faire différens métiers.

CHAPITRE III.

M. Galimafrée, tailleur pour femmes, coîffeur, auteur et directeur de spectacle.

Un de ses amis, qui avait plus d'industrie, mais moins d'acquis du monde, moins d'impudence, lui proposa de s'associer à lui pour professer l'art du tailleur, non du tailleur pour hommes, fi, l'horreur! mais du tailleur pour femmes. C'était M. Galimafrée qui reportait et qui essayait l'ouvrage; mais la décence! eh! qu'importe la décence quand il s'agit d'être bien habillée!.... M. Galimafrée ne professa cependant pas long-temps cet art ; la jalousie des maris et celle des couturières le ruinèrent en assez peu de temps.

Il ne se mêla plus alors que de la tête, et professa l'art de la coîffure ; il s'y fit une grande renommée, et fut *bréveté* pour certaines perruques.... Les grands, quand ils sont sages, encouragent toujours les sciences et les arts.... — Il n'avait au reste point changé de ton : il tranchait, décidait partout avec une hardiesse et une hauteur!... A force de coîffer des têtes de tous les étages et de tous les calibres, il devint peu à peu auteur. De ce moment son état fut perdu ; il négligea ses pratiques, ses perruques et son art, et bientôt il se trouva réduit à vivre de son génie.... Quelle ressource pour un coîffeur !... Il se mit à faire des mélodrames ; mais il ne put jamais venir à bout de les faire jouer.... Il y avait toujours quelque chose qui les faisait refuser ; ou ils étaient trop courts, ou ils étaient trop longs ; ou les incidens y étaient trop multipliés, ou il n'y en avait pas assez ; ou , ou , ou.... Et au bout de quelque temps il reconnaissait toujours quelques fragmens de ses pièces dans les pièces nouvelles que l'on jouait. Il vint un matin à l'administration pour porter plainte ; tout y était en désordre , chacun demandait ses appointemens. Les acteurs devant lesquels se plaignit M. Galimafrée, l'accueillirent assez bien, parce qu'ils en voulaient à leur directeur, qui ne les payait pas. « Il est certain , s'écria l'ingénuité , que je ne sais pas comment on choisit les pièces , mais je ne reçois plus de claques dans mes rôles , et je n'ai pas fait un seul amant depuis que je suis à ce maudit théâtre. Au diable soit la baraque ! — Je perds tout mon pathétique faute d'occasions de l'exercer , continua le père-noble. — J'ai beau beugler , meugler et rugir, poursuit le jeune-premier, je ne produis aucun effet ; tous mes rôles sont détestables. — Quant à moi, dit le *soufleur*, en général il y a long-temps que je ne *souffle* plus que des bêtises. »

M. Galimafrée était venu pour porter plainte : il entra dans le cabinet du directeur avec un autre dessein, et lui proposa de lui céder son entreprise; l'affaire fut assez vîte conclue. Il restait encore à M. Galimafrée un assez joli assortiment de perruques de toutes les couleurs et de tous les âges, qu'il mit à l'encan, et il solda le marché.

Le voilà donc directeur de spectacle. Les belles promesses qu'il fit au public, aux auteurs et aux acteurs! Cependant le bon ordre ne dura pas long-temps. La ferveur du premier moment passée, on fit comme les autres : on engagea les actrices parce qu'elles étaient jolies; on les garda parce qu'elles étaient complaisantes; les acteurs leur furent sacrifiés; trois ou quatre auteurs s'emparèrent du théâtre, à force de crier à tout le monde qu'eux seuls avaient du talent; et leurs pièces et celles de M. Galimafrée furent seules jouées. Le public se lassa de venir pour voir des choses que les journalistes lui peignaient comme des chefs-d'œuvre, mais qui lui inspiraient du dégoût et de l'ennui. M. Galimafrée ne pouvant plus soutenir l'entreprise, demanda dans les gazettes un associé qui apportât des fonds. Il ne se présenta rien de solide ; des originaux qui ne pouvaient être d'aucun secours : « Monsieur, vint entr'autres lui dire un jour un petit homme sec, dont la tête poudrée à blanc n'annonçait rien qui fût digne des observations du docteur Gall ; vous cherchez un associé qui apporte des fonds dans votre entreprise ; je suis votre homme. — Monsieur, cela montera-t-il à une somme bien forte ? — Mais comme en affaires il faut toujours aller au plus bas, afin d'être plus sûr de son fait, évaluons-la à douze mille francs, monsieur. — Douze mille francs, c'est peu de chose, monsieur ; mais enfin si vous les apportez en bonnes valeurs... —

En valeurs excellentes, monsieur, les meilleurs de toutes ; je vais vous en faire le détail.... Monsieur, j'ai beaucoup d'aptitude au théâtre; peut-être personne n'entend mieux que moi le mécanisme des rouages de cette machine si difficile à bien mener : partant, l'entreprise ne souffrira pas un seul moment ; elle marchera sans embarras, sans difficultés ; nous pouvons bien compter cela pour mille écus.... Je suis naturellement économe, monsieur ; je me connais en étoffes ; je sais comment on les entrecoupe, et par quels moyens on peut se faire honneur sur la scène de telle vieillerie qui, vue de près, serait rejetée avec dédain : Pour la manière dont vont désormais, grâce à moi, bénéficier les marchés du théâtre, qui seront moins chers et plus profitables, mettons encore mille écus : voilà qui fait six mille bons francs.... Je retoucherai les pièces, monsieur, et elles en doubleront de prix ; j'y suis expert, si expert que je refais en ce moment Molière tout entier; encore là mille écus, et mille écus enfin que je compte de plus dans les recettes à cause des articles que je mettrai dans les journaux, articles capables de faire à eux seuls la fortune d'un théâtre; voilà nos douze mille francs, et peut-être donné-je pour douze ce qui en vaut vingt-quatre. »

De tels secours, tout efficaces qu'ils étaient, ne purent sauver M. Galimafrée, et il fallut bientôt céder l'entreprise au premier qui voulut la prendre.

CHAPITRE IV.

M. Galimafrée se fait journaliste, et devient un personnage important.

M. Galimafrée avait, dans le temps, tenté vainement de se faire homme de lettres. Toutes ses autres entreprises lui avaient manqué. Craignant de n'être en effet propre à rien, il se mit journaliste. Au moins là gagna-t-il de l'argent : qui distribue les couronnes ne reste pas les mains vides. Au reste, M. Galimafrée n'était pas extrêmement cher : cent francs donnés galamment à l'issue d'un dîner honnête, étaient le prix de ses plus hauts articles. De temps en temps encore on lui prêtait de l'argent qu'il ne rendait pas ; mais prêter n'est pas donner. Et les cadeaux ! comme ils pleuvaient chez lui ! Une lutte s'engage, et voilà M. Galimafrée qui, au moyen de ses diables d'articles à cent francs, se trouve engagé dans la politique. On proposa au gouvernement de le faire fustiger : le gouvernement en eut pitié, et refusa de sévir; au bout de quelque temps, le journal de M. Galimafrée eût contribué à faire une révolution qui renversa le gouvernement. Voilà M. Galimafrée devenu un gros citoyen ! et un gros citoyen fort dangereux ! Il ne badinait pas, M. Galimafrée, il prêchait l'égalité ; mais il n'eût pas fait bon à se placer sur la même ligne que lui ! Il voulait la liberté, mais à condition que l'on serait de la même opinion que lui. Chacun le redoutait à la ronde.

CHAPITRE V.

M. Galimafrée rencontre M. Gros-Dos. — Il devient un politique et un gourmand. — La promenade au Palais-Royal.

ENFIN il rencontre M. Gros-Dos, fort honnête homme, qu'il avait connu dans le temps qu'occupé de choses moins sérieuses, il ne songeait qu'à chercher les meilleurs morceaux. M. Gros-Dos, à quelques changemens près qu'il avait été obligé de faire dans son costume, était resté ce qu'il était dans le bon temps de M. Galimafrée ; toujours prêt à se soumettre à *toute révolution* qui ne supprimerait pas les dîners en ville ; mais incapable de faire du mal à personne, et n'ayant jamais choisi ses victimes que dans les basses-cours. « Eh! vive la joie! cria-t-il à M. Galimafrée du plus loin qu'il l'aperçut ; comme vous voilà changé, mon garçon ! votre figure est d'une tristesse, d'un sombre... Oh ! vous vous perdez ! Il est permis de se mêler de politique ; mais pas de cette manière-là ! Eh ! que diable ! il semble que vous alliez tout tuer. Vous mangez seul, et c'est là ce qui vous donne des idées si noires ! Je m'invite à dîner chez vous jusqu'à nouvel ordre. Oh ! je veux que tout cela change. Comme vous êtes maigre ! Il faut cependant qu'un politique ait une bedaine ; cela lui donne du poids, de la prépondérance. Voyez monsieur un tel : on l'écoute avec complaisance ; sa rondeur impose ; on se moque au contraire de monsieur un tel, sa figure donne faim à tout le monde, et chacun est prêt à lui tourner le dos. » M. Gros-Dos fit si bien qu'en peu de temps il eut rendu M. Galimafrée ce qu'il devait être. Bientôt on n'entendit plus citer de lui des choses effrayantes ; mais on entendit parler de ses dîners avec une éloge, une pompe !... Il était devenu un véritable Lucullus... Point de basse-cour accréditée qui ne lui fournît sa pièce, point de vin recherché, point de liqueur exquise qu'on ne vît sur sa table. On y accourait des deux bouts de la terre, et de ce pays-ci, et de ce pays-là. Ceux des gourmets qui n'étaient point admis aux honneurs de la séance, rôdaient autour des soupiraux des cuisines, et mangeaient, comme on dit, leur pain à la fumée du rôt. — Le disciple et son élève allaient ensuite faire la *promenade au Palais-Royal*, chacun les y voyait avec envie. Leur ventre arrondi se courbait presque jusqu'à terre, et leur figure annonçait la santé et la belle et bonne nourriture. A la droite de M. Galimafrée on voyait que M. Gros-Dos n'était dans cette société que le second ; mais c'était un second digne du premier. M. Maigre-Echine paraissait de l'autre côté : on voyait bien aussi sur sa figure qu'il avait été du repas ; mais M. Maigre-Echine est de ces gens qui mangent sans trop savoir ni pourquoi ni comment, et qui n'en sont pas plus gras le lendemain. On l'avait rencontré par hasard, et on en avait fait un ami sans trop savoir non plus pourquoi. C'était au reste un fort honnête homme. Dans la *promenade au Palais-Royal* il servait à faire ressortir ses deux compagnons de voyage ; c'était avec eux un contraste plus véritable que celui qui, à l'occasion de certaine énigme, rapporta tant d'argent à qui parut tant en donner. C'est un endroit pour digérer que le Palais-Royal ; il n'y a pas de jardin qui le vaille. Toutes ces fleurs mouvantes qu'on y voit de tous les côtés ! Avec quelles délices des yeux qui ont besoin de se distraire pour digérer, se promènent sur ce parterre enchanteur !

Des méchans disent que M. Galimafrée est moins curieux de ces fleurs que de certaines autres dont les appas masculins.... et que ses goûts plus mâles.... Mais, chut ! chut ! En répétant ces propos nous calomnierons peut-être ; et médisons tant que nous pourrons, mais ne risquons pas de calomnier.

CHAPITRE VI.

M. Galimafrée, écuyer-tranchant des époux de madame de Haute-Lutte.

Dans ce pays-là était une dame très-aimable, très-capricieuse, très-exigeante, très-haute, très-obligeante, très-active et très-indolente, pour laquelle on avait fait, dès avant sa naissance, un mariage de convenance qui était très-propre à la rendre heureuse. Cette dame, que l'on nommait madame de Haute-Lutte, avait besoin que sur certains points on la tînt avec beaucoup de sévérité. Qu'on lâchât la bride un seul instant à ses caprices, et tout était perdu pour elle, comme pour tous ceux qui dépendaient d'elle. Le mari était le meilleur des hommes; il ne put jamais trouver en lui la sévérité nécessaire pour sauver madame de Haute-Lutte. Un fatal moment étant venu où madame de Haute-Lutte essaya de se laisser aller à ses caprices, le bon mari se laissa gagner, et son autorité fléchit. Plus madame de Haute-Lutte obtint ainsi, et plus elle voulut avoir. Enfin, au bout de quelques mois, de concessions en concessions, le mari eut tant accordé, que la femme portait comme on dit vulgairement, la *culotte*. Les avantages qu'elle avait ainsi obtenus sur son mari le lui avaient fait mépriser; car c'est le cours ordinaire des choses. Elle en vint enfin à vouloir tout-à-fait secouer le joug, et l'union conjugale fut rompue. Alors la polygamie s'établit dans les lieux où commandait madame de Haute-Lutte ; et la dame dont l'humeur n'avait pu s'accommoder d'un seul époux, s'en donna plusieurs qu'elle choisit parmi les mauvais sujets qui l'avaient aidée à briser ce qu'elle appelait alors sa chaîne. Ces époux eurent à combattre tous les voisins de madame de Haute-Lutte, qui craignaient qu'un tel exemple, s'il était impuni, ne mît le désordre dans leurs ménages. Madame de Haute-Lutte et ses époux crièrent à l'injustice et à la tyrannie ; mais on leur observa, avec raison, qu'on ne pouvait regarder leur conduite que comme l'effet d'un délire, d'une maladie ; qu'il est des maladies qui, reposant sur un seul individu, peuvent compromettre le salut de tous ; et qu'enfin parmi ces maladies, la peste n'en est pas une qu'il soit permis d'avoir.

Il fallut en venir aux mains. Les époux de madame de Haute-Lutte se trouvèrent bientôt serrés de tous côtés ; la famine commença à les menacer. Ils ne pouvaient, pour repousser l'ennemi, s'entendre ensemble ; car le malheur et la faim en étaient venus peu à peu à les diviser d'une horrible manière. On leur proposa de prendre un grand officier, qui, dans tout état de choses, eût commission de couper et de tailler à droite et à gauche sur ces voisins si intraitables pour assurer leur existence, et ce fut le jeune Galimafrée qu'on leur offrit pour cette charge d'écuyer-tranchant. Il fut accepté, et accourut à son poste avec l'ardeur d'un homme qui brûle de se signaler. On eut tout lieu d'être content de son savoir faire : en peu de temps il eut repoussé tous les voisins jusque chez eux, et la table des époux de madame de Haute-Lutte, au lieu d'être désormais dépouillée par eux, se trouva couverte de morceaux pris à leur cuisine, et sa salle à manger se trouva de plus être tapissée de tableaux et de statues pris sur ces aggresseurs imprudens. Madame de Haute-Lutte aime surtout la bravoure et les bons offices : bientôt elle fit plus d'attention à l'écuyer-tranchant de ses époux, qu'à ses époux eux-mêmes. Ceux-ci s'apercevant de cet attendrissement, qu'ils jugèrent de nature à pouvoir leur devenir funeste, témoignèrent à l'impétueux Galimafrée le désir qu'il allât leur chercher dans un pays lointain, sous un climat étranger, des provisions extraordinaires. C'était prendre M. Galimafrée par son faible : il partit aussitôt avec joie.

CHAPITRE VII.

M. Galimafrée devient l'époux de madame de Haute-Lutte, et perd presqu'aussitôt sa main.

Mais à peine fut-il parti qu'on le regretta. Les voisins revinrent à la charge, et les époux de madame de Haute-Lutte se trouvèrent bientôt pis qu'ils n'étaient avant de prendre M. Galimaſrée pour leur écuyer-tranchant. Non seulement la ſamine leur ſaisait de nouveau sentir ses horreurs ; mais ils se voyaient en danger de tomber bientôt eux-mêmes entre les mains de ces redoutables voisins. Cependant ils n'osaient appeler aucun nouvel écuyer-tranchant à leur secours, de peur que ce ne ſût là le signal de leur perte. Tout d'un coup M. Galimafrée parut, soit que le dénuement où on le laissait lui et ses aides dans les lieux où on les avait envoyés ſaire curée, le ſorçât tout naturellement de revenir, soit qu'il eût été averti de quelque chose. Tout le monde courut au-devant de lui, et madame de Haute-Lutte lui tendit les bras, comme au seul homme dont elle pût espérer son salut. Elle était tout de bon lasse de la polygamie, et une ſausse honte la retenant de redemander son premier époux, elle témoignait au moins l'horreur et le dégoût qu'elle ressentait pour la vie dévergondée qu'elle menait depuis un certain nombre d'années. « Vous ne voulez plus qu'un époux, lui cria M. Galimafrée; eh bien, je vais vous délivrer de tous ces lurons-là! » quelques-uns des époux de madame Galimafrée voulurent en effet faire les lurons; mais M. Galimafrée, qui était expéditif, les chassa à coups de pieds dans le derrière : alors ils lui cédèrent de bon gré tous leurs droits sur madame de Haute-Lutte, à condition que, et que, et que, et que... M. Galimafrée leur fit un pont d'or, pour ne plus en entendre parler, et se proclama celui que madame de Haute-Lutte avait choisi. Il se mit aussitôt après les voisins; il leur fit rendre gorge, et une fois qu'il les tint sous ses pieds, il les força à restituer le capital, à payer les intérêts du capital, et enfin les intérêts des intérêts. C'était un vrai juif pour ceux qui l'avaient été avec lui; il se montrait alors inexorable, et on l'eût vu, comme Brennus, mettre sa terrible épée dans la balance, en criant, *Malheur aux vaincus!* Les voisins furent obligés de filer doux et de faire la paix, mais en se promettant bien de recommencer aussitôt qu'ils trouveraient leur belle : il n'y a de traités qui tiennent que ceux où tous les intérêts sont pesés, compensés, et où les plus faibles ne sont pas accablés d'une trop grande charge. Le plus terrible, c'est qu'il voulait que tous les voisins se coalisassent avec lui contre un d'entre eux qu'un gros ruisseau avait jusque là sauvé de sa vengeance. Il prétendait que personne ne lui parlât, n'eût aucune espèce de communication avec lui ; par ce moyen, disait-il, nous l'empêcherons de vendre toutes les marchandises qu'il a attirés chez lui de tous les points du monde, et nous le ferons mourir de faim au milieu de ses richesses. Mais le voisin gardait ses richesses, dont la privation devenait de plus en plus sensible aux voisins, et en attendant il mangeait du poisson que son ruisseau lui fournissait abondamment, et des pommes de terre qu'il faisait croître de tous côtés dans son île. Les voisins lui passaient encore de temps en temps à la dérobée quelques productions de leurs pays, en échange desquelles ils recevaient de lui du sucre, du café, et d'autres friandises de cette espèce, qui ont bien leur prix. M. Galimafrée le sentit si bien, qu'il se mit aussi à faire ce petit commerce par le moyen de quelques-uns de ses vassaux. Toutes ces petites fraudes allèrent bien de part et d'autre pendant un certain temps; mais on se brouilla, et les reproches furent terribles; on en vint aux mains. M. Galimafrée, outré de colère d'être obligé de reprendre les armes, se rua sur le plus éloigné des voisins, sans mesure comme sans prudence. Il perdit la moitié de son monde; il s'obstina l'année suivante à tenir encore dans un poste trop éloigné, où il perdit le reste, s'étant trouvé pris à la fois, lorsqu'il fut sérieusement question de reculer, en tête, à revers et à dos; les voisins entrèrent chez lui de tous les côtés à la fois. Il fallut parler de faire combattre tout le monde; tout le monde cria, et conséquemment madame de Haut-Lutte aussi; car si elle aime la gloire, elle aime aussi la tranquillité; et dans ce moment elle se trouvait avoir perdu tout à la fois et la tranquillité et la gloire..... Pendant que M. Galimafrée s'était un peu éloigné, pour tâcher de *prendre* à son tour *les voisins par derrière*, on ouvrit les portes du palais aux voisins, et ils firent leur paix particulière avec madame de Haute-Lutte, a qui ils ramenaient son premier époux. M. Galimafrée voulut crier; mais après lui avoir fait voir qu'il n'était pas le plus fort, on lui fit présent, en mémoire des anciens services qu'il avait rendus, d'un pot de fleurs d'Italie et de six sous, et on l'envoya promener.

CHAPITRE VIII.

M. Galimafrée revient à Paris. — Rensontre qu'il fait sur la route.

« Quoi! dit M. Galimafrée, madame de Haute-Lutte m'a abandonné aussi facilement, après tout ce que j'avais fait pour sa parure, pour sa, pour sa, et pour sa.... Toutes les femmes sont des..... Je me vengerai sur le sexe tout entier! » et le voilà sur la route de Paris. Las de piétiner, il rencontre une voiture chargée de paille; il y monte avec la permission du conducteur. Là, il se met à déclamer tout haut contre la bizarrerie de son sort: « Hélas! s'écrie-t-il, je me croyais aimé de la dame! elle m'avait donné tout sujet de le croire; et sa figure inspire naturellement tant de confiance! elle a la physionomie ouverte, les manières d'une franchise!...—« Voilà des bases sur lesquelles je vous conseille d'édifier en effet, s'écrie, sortant de la paille, un petit homme noir qui jusque-là s'y était tenu tellement enterré, que M. Galimafrée ne l'avait pas vu! la figure! la physionomie! les manières! voilà de jolis endroits par lesquels on puisse juger les hommes! O folie humaine! tomber encore dans de telles bévues quand la lumière jaillit de toutes parts! n'a-t-il pas maintenant des moyens certains de connaître les dispositions et les inclinations des personnes auxquelles on unit son sort! — Ah! en tâtant les têtes, n'est-ce pas? — Non, non, vraiment, monsieur; c'est par le pied, moi, monsieur, que je prends mon monde. La tête! la tête! peut-on supposer que la tête ait été faite la première? Sur quoi aurait-elle reposé? Non, monsieur, pour que les choses fussent en règle, le sage par excellence fit d'abord les pieds, puis les jambes, puis les cuisses, puis le tronc, puis le cou, puis la tête. Dans le pied doit donc se trouver tout ce qui est dans l'homme entier; et comme la nature se manifeste toujours, là doivent se reconnaître tous les signes indicateurs des passions, des inclinations, des dispositions, des agitations de l'individu. En effet, n'est-il pas de temps immémorial consacré qu'à l'inspection du pied d'une femme, par exemple, je puis juger de la grandeur de..... — N'écoutez-pas ce bavard, se mit alors à crier à l'autre bout de la charette un grand homme sec qui secouait la paille qui couvrait son habit noir, et se frottait en même temps les yeux pour achever de s'éveiller; n'écoutez-pas ce bavard, monsieur, il vous débitera sur les pieds et la prétendue découverte qu'il y a faite, je ne sais quels contes saugrenus qui ne vous mèneront à rien, et qui lui ont déjà fait recevoir des coups de bâton le long de la route. Je vous demande un peu quelle science raisonnable il a pu fonder là-dessus ; elle vaut bien celle du charlatan qui tâte les têtes. Venez plutôt à moi, monsieur ; je ne chercherai à vous faire accroire rien d'aussi conjectural ; venez à moi, ouvrez votre bouche, et à certaines taches qui peuvent se trouver à vos dents, je vous dirai à quelles maladies du corps et de l'âme vous êtes sujet ; et en quelques instans je vous mettrai aussi au fait que moi de cette science sublime, qui finira par conduire à la régénération entière du genre humain : c'est pour cela que je vais à Paris. — Et tu y feras de belles affaires, empirique détestable, s'écria le premier. — Je ne suis pas un empirique, reprit le second ; je ne suis qu'un homme qui a poussé la science de la dentition au-delà des bornes ordinaires. C'est toi qui es un empirique et un charlatan ! — Pourquoi plutôt que toi ? Puisque tu le prends sur ce ton, je ne suis qu'un pédicure qui ai aussi poussé ma science au-delà des bornes ordinaires. — Ah ! ah ! ah ! ah ! quelle science que celle de monsieur le pédicure ! — Ah ! ah ! ah ! ah ! quelle science que celle de monsieur, le dentiste ! » Et les deux savans de nouvelle espèce commencèrent à se jeter les bottes de paille à la tête. Pendant que le charretier cherchait à les mettre d'accord, pour qu'ils ne dérangeassent pas et ne gâtassent pas sa marchandise, M. Galimafrée descendait, payait le charretier et s'en allait à pied, en se disant : « Voilà tout au moins un dentiste et un pédicure qui sont devenus foux, en voulant porter trop haut leur art. Il est des bornes qu'il ne faut jamais vouloir passer ; au-delà n'est que folie et malheur. Hélas ! que n'ai-je cru cela un peu plus tôt ! »

CHAPITRE IX.

M. Galimafrée veut faire le roué. — Son aventure à la promenade.

Arrivé à Paris, M. Galimafrée songea à cette vengeance qu'il avait juré de tirer du sexe entier, en représailles de la perfidie de madame de Haute-Lutte. Il court les promenades. Une jeune femme se promène donnant le bras à son mari; M. Galimafrée se fait remarquer d'elle, paraît étonné et profondément ému de sa beauté, et se met à la suivre. La dame ne peut s'empêcher de se retourner pour le regarder; les regards se rencontrent : une femme ne saurait guère ne point donner de temps en temps quelqu'attention à un homme qui s'occupe constamment d'elle. Les regards se perpétuent. La dame était bonne marcheuse; elle fait bien du chemin, bien du chemin! M. Galimafrée n'en pouvait plus ; il était fatigué d'avoir cherché une victime le matin, la veille, la surveille, et encore le jour précédent. Enfin la dame s'assied. M. Galimafrée va s'asseoir aussi, le plus près d'elle qu'il le peut, puis il cherche à ramener ses regards sur lui, dans l'intention de les faire remarquer du mari. La dame, qui s'est peut-être aperçue de cela, ou qui agit peut-être naturellement, n'aide point à ce manége, et le fait au contraire manquer entièrement. Enragé, M. Galimafrée veut enfin parler : « Madame, dit-il, en appuyant à dessein pour exciter la jalousie du mari, n'aurais-je pas l'honneur d'être connu de vous ? Vous me fixiez tout à l'heure avec une expression d'intérêt qui me donnait cette heureuse idée. — Mon dieu, monsieur, je vous en demande bien pardon; je vous avais pris d'abord pour un ancien domestique de ma famille, qui m'a élevée, et pour lequel j'aurai toute ma vie la plus grande reconnaissance. C'est depuis que vous êtes assis seulement que j'ai reconnu mon erreur. J'ai l'honneur de vous saluer, monsieur. » Et la malicieuse dame se cache derrière son éventail, pour rire sans doute de l'air humilié et pénaud du pauvre M. Galimafrée. La loueuse de chaise se présente en même temps; M. Galimafrée la paie, et s'en va en grommelant gagner son domicile.

CHAPITRE X.

Aventure de M. Galimafrée au spectacle.

Le lendemain M. Galimafrée, que sa malencontre ne fait que confirmer dans ses ridicules projets de vengeance, va dans un spectacle. Il se place derrière une femme qu'il juge encore propre à servir ses desseins. Petit à petit il s'approche d'elle, serre tendrement sa taille avec ses genoux. La dame ne se prête pas tout à fait à cette manœuvre ; mais elle s'appuie par intervalles sur ces genoux officieux, surtout quand des coups de théâtre exigent que, pour bien voir, elle se jette un peu en arrière. Mais la fin du spectacle arrive, et l'impitoyable M. Galimafrée veut faire jouer sa mine. Ses genoux deviennent de plus en plus hardis, et il cherche à les faire remarquer du mari, pour amener du moins une explication. Enfin, dans un dernier coup de théâtre la dame se jette en arrière une dernière fois avec affectation, puis se relevant, dit à son mari : « Mon ami, je ne veux plus que nous nous mettions à ces places ; elles sont incommodes ; on y voit mal : sans la complaisance de monsieur, je n'aurais réellement rien vu... J'ai presque continuellement été sur ses genoux. En vérité, monsieur, une femme devra être bien heureuse avec vous. Si j'avais une fille, je vous la donnerais sans difficulté en mariage, pourvu que sous tous les autres

rapports nous pussions nous convenir. »
Et voilà M. Galimafrée, encore plus sot que la veille, qui reste comme un terme à sa place, pendant que tout le monde sort. Il faut qu'un homme du théâtre, quand il ne reste plus que lui dans la salle, vienne le prendre par le bras et le tirer de son assoupissement, en lui annonçant que le lustre est éteint, que la salle est absolument déserte, et qu'on va fermer les portes. M. Galimafrée se retire, en essuyant encore pour consolation une bordée d'éclats de rire des garçons de théâtre, qui, le prenant pour un provincial, l'attendent au passage pour s'amuser un moment à ses dépens.

CHAPITRE XI.

Aventure au bois de Boulogne.

Oh, cette fois, se dit M. Galimafrée, je prendrai si bien mes mesures, et avant de me montrer je laisserai les choses se pousser si loin !... Dans le quartier qu'il habite est une marchande de merceries qui passe pour être très-coquette; M. Galimafrée va marchander des cordons de montre chez elle ; il en achète, il achète des rubans, il achète une bourse, il achète des gants, il achète des jabots, il achète tout ce qu'il est possible d'acheter dans cette boutique-là, et assaisonne son argent de complimens mille fois plus beaux encore que ses pièces. Puis il revient le lendemain, puis le surlendemain, puis le jour suivant, et toujours achetant, et toujours complimentant. Il parle bientôt comme un amant ; on en rit:

comment s'en fâcher ? il ne passe pas les bornes de l'honnêteté et de la décence ; et puis c'est une bonne pratique : il achète tous les jours pour douze ou quinze francs ; ce n'est peut-être pas comme cela que l'on devrait calculer, mais enfin c'est comme cela que l'on calcule. On en vient à demander un rendez-vous... On ne peut pas croire qu'on le refuse sérieusement. On se montre importun ; car l'on a entendu dire que quelquefois l'on obtient par importunité, des femmes, ce que l'amour ne pouvait leur faire accorder. Enfin le rendez-vous est consenti. Il est pour le lendemain, à midi ; la chaleur est excessive, mais un rendez-vous avec une femme ! et pour une vengeance!... A peine M. Galimafrée a-t-il obtenu ce fatal rendez-vous qu'il se rend auprès du mari. Il lui conte tout ; il n'a voulu que démasquer une femme perfide, et ouvrir les yeux à un honnête homme sur le rôle infâme qu'on lui fait jouer chez lui. Le mari remercie, s'engage au secret, et promet de se trouver le lendemain au rendez-vous.

On y marche ; on y arrive accablé de fatigue, dévoré de chaleur. M. Galimafrée et le mari s'y rencontrent. Le mari s'éloigne de quelques pas, et M. Galimafrée affecte de se montrer de côtés et d'autres. Paraît enfin, non la maîtresse de la maison, mais sa servante. Elle apporte un billet à M. Galimafrée. Le mari ne peut se contenir ; il donne trois ou quatre soufflets à la servante, et s'empare de la lettre. Il la décachète, il l'ouvre. Quelle est sa surprise, d'y trouver les mots suivans, qu'il lit tout haut à M. Galimafrée ! « Monsieur, il a fallu vous jouer, puisque vous n'avez pas voulu entendre la raison. Puisse cette leçon vous guérir à jamais de l'envie de séduire les femmes ! Un homme comme vous, qui ne paraît pas manquer d'esprit et de bon sens, peut-il se figurer qu'une femme bien établie, pour aller courir les champs avec lui, va quitter son ménage, son commerce, son mari qu'elle aime et qu'elle estime, et qu'elle n'a aucun sujet de vouloir remplacer par un autre homme? » Le mari ne peut s'empêcher de rire de la figure confuse et piteuse que M. Galimafrée prend à la lecture de cette lettre. M. Galimafrée se fâche : on en vient aux coups ; et comme il n'est pas le plus fort, M. Galimafrée ne sort encore de ce bois de Boulogne, qui devait être le théâtre de sa vengeance, qu'après avoir reçu une bonne volée.

CHAPITRE XII.

La rencontre du cousin Bobêche. — La fête à Anières.

M. Galimafrée sortait donc du bois de Boulogne, tout triste et tout découragé, lorsqu'il se trouve nez à nez avec un homme qu'il ne voyait pas. C'est Bobêche, le cousin Bobêche, qui, lui, a bien vîte reconnu le cousin Galimafrée, et lui saute au cou. — « Eh ! bonjour, cousin ; vous souvenez - vous que nous avons été en partie élevés ensemble? Nous avons couru une carrière différente, et la disproportion de nos fortunes a été cause que nous nous sommes peu vus. Mais vous êtes triste, cousin Galimafrée ; je veux vous consoler ! — Me consoler ! — Oui, voyons ; contez-moi vos chagrins. » M. Galimafrée entre en matière. « Quoi ! c'est en voulant vous venger des femmes que vous vous attirez ces disgrâces-là ! et, vogue la galère, mon cher cousin ! c'est bien fait aussi. Pourquoi vouloir punir les unes des fautes commises par les autres ? Cherchez à vous consoler avec quelque femme, à la bonne heure ; mais pour la punition d'une seule, vouloir leur faire du mal à toutes ! Tenez, venez avec moi à Anières ; j'y vais à une noce d'amis où vous serez bien reçu. Mais venez ; sans cela je ne puis rester plus long-temps avec vous. J'ai été obligé de passer par le faubourg Saint-Honoré pour une affaire ; cela m'a retardé ; et pour être fidèle à ma parole, il faut que je prenne sur - le - champ le chemin de la révolte. — Allons, cousin, à Anières. »

Ils étaient sur le point d'arriver au célèbre bac qui conduit à cet endroit, lorsque leur conversation fut tout-à-fait interrompue par un homme, une femme et une jeune fille qui marchaient devant eux. Ces trois personnages avaient ensemble une contestation fort vive, et qui semblait devenir de plus en plus sérieuse. Bobêche et M. Galimafrée allaient s'informer du sujet de la querelle, pour tâcher de l'accommoder, lorsque l'homme se tourna tout à coup vers eux, et leur adressa ainsi la parole : — « Vous êtes de Paris, messieurs ? — Oui, monsieur ; du moins nous l'habitons. — Vous êtes donc au fait de tout ce qui s'y passe ? — De tout ce qui s'y passe ? ce serait un peu dire. — J'entends de tout ce qui s'y passe de remarquable et de public. — Ah ! à peu près, monsieur. Il y a eu hier un mariage considérable à Saint-Roch. — Ce n'est pas cela dont il s'agit. — On vient d'exposer au Musée des tableaux qu'on n'y avait pas encore vus. Ce sont des tableaux précieux par leur ancienneté ; c'est ainsi que l'on met les amateurs en état de juger des progrès que la peinture a pu faire de siècles en siècles. — Ce n'est pas cela non plus dont il est question. — Monsieur, les travaux du Louvre vont toujours un train d'enfer ; monsieur, ce monument-là n'aura pas son pareil en Europe, quand il sera achevé. — Cela se peut ; mais ce n'est pas là ce dont il s'agit. — Monsieur, ce canal de l'Ourcq aura aussi son utilité. On le continue toujours. Bientôt nous aurons l'eau dans les fossés de la Bastille. — Vous n'y êtes pas encore, monsieur ; mais je vois que vous n'y arriveriez jamais, avec vos monumens, votre peinture !.... Monsieur, le dernier homme qui a été exécuté avait-il le nez camard ou le nez pointu ? — Parbleu, voilà une question.... — qui est le sujet d'une discussion qui dure depuis plus d'une heure entre ma femme, ma fille et moi. — Il paraît, monsieur, que vous prenez un intérêt bien vif à ces sortes de choses-là. — Elles m'ont occupé toute ma vie, monsieur ; et c'est en cela la ressemblance des goûts qui m'a fait épouser madame : la fille que le ciel nous a donnée fait encore, sous ce rapport, toute notre consolation. — Ma foi, moi, monsieur, je n'aime point à voir aller un homme à la mort : c'est un spectacle qui me semble triste et pénible. — Vous sentez bien, monsieur, que ce n'est pas non plus pour se procurer le plaisir de voir périr un homme qu'on va voir une exécution, quand on a le cœur tant soit peu bien placé. Mais, monsieur, un tel spectacle est vraiment piquant et curieux pour celui qui a suivi l'affaire d'un condamné depuis le commencement jusqu'à la fin : on est bien aise de voir quelle figure il fera ; s'il jouera jusqu'au bout le rôle d'un innocent injustement accusé, ou si un beau repentir s'emparant de lui tout d'un coup, il avouera son crime et se jettera dans les bras de son confesseur, pour faire une belle fin. — Ah ! monsieur suit les tribunaux ? — Oui, monsieur, aussi exactement que les huissiers, que le devoir de leur place force de s'y trouver sans cesse ; et ma femme et ma fille me donnent en cela toute satisfaction : moi, je suis le criminel, ma femme la police correctionnelle, et ma fille le civil. — Ah ! c'est cela, chacun suivant son sexe et son âge : voilà qui est fort bien entendu et fort bien distribué. Ah ça, madame et mademoiselle n'ont alors aucune part aux exécutions. — Oh ! pardonnez-moi ; nous nous réunissons dans ces grandes occasions-là, et ma femme y est même le personnage le plus essentiel ; car elle a eu le bonheur de faire connaissance avec le valet du bourreau, qui a pour elle des égards et des prévenances. Vous sentez que cela rejaillit jusque sur nous, et que, s'il y a une bonne place à donner, on ne nous la refuse pas. — Ah! il est certain que c'est comme une fureur; j'en connais qui traversent tout Paris pour assister à ce genre de spectacle. Quand vient le moment, c'est comme un torrent qui se répand dans les rues et les places voisines de celles de l'exécution. — Cela est vrai; il y a des gens si peu raisonnables! Il y a six mois environ, je me suis trouvé enveloppé par une telle foule, que j'ai eu beaucoup de peine à m'en dégager, et que j'y ai laissé ma canne et mon chapeau. C'est depuis ce temps-là que je me suis logé sur le quai de Gêvres, afin de pouvoir y aller en voisin, sans canne et sans chapeau. — Sage précaution! » Et la conversation cessa d'être générale.

« C'est un de nos convives, dit tout bas Bobêche à M. Galimafrée, un vieux domestique qui s'est retiré du service avec quelques rentes : je le connais bien ; mais lui ne m'a pas reconnu. Je vais lui jouer un tour, en arrivant à Anières ! — Ne va pas indisposer le reste de la société contre toi. — Il en est le jouet, le bouffon, et c'est à qui lui fera quelque niche ; ne t'inquiète pas. »

« Monsieur, dit la femme au batelier qui conduisait le bac, vous avez eu quelqu'affaire importante aux tribunaux ; il me semble que je vous reconnais de vous avoir vu là ? — Oui, madame, j'y en ai eu plusieurs, et c'est ce qui est même cause que vous me voyez faire ce métier. J'ai jadis été bien établi ; mais c'est un rôle ruineux que celui de plaideur : on a bien raison de dire qu'un mauvais accommodement vaut mieux qu'un bon procès. — Oh, comme vous voilà découragé ! c'est en police correctionnelle que je vous ai vu figurer, il y a un an, je crois ? — Ou, madame ; il s'agissait d'un marchand, mon voisin, qui avait mis son tas d'ordures un peu plus de mon côté que du sien : l'affaire a fait assez de bruit pour être remarquée de vous ; il y a eu, tant de part que d'autre, plus de cinquante témoins d'entendus. — Cela me fait vous estimer ; vous avez du caractère, brave homme. »

On arrive à Anières : la compagnie nous attendait en avant du village. Bobêche à soin de se tenir en arrière. A peine a-t-on nommé l'homme en question, ainsi que sa femme et sa fille, en les embrassant, que Bobêche se jette sur lui, en s'écriant : « Ah ! c'est bien lui, il n'y a plus de doute ! — Que voulez-vous dire ! — Qu'en Normandie vous avez été condamné par contumace à être pendu, monsieur, et que j'ai ordre de vous faire arrêter et exécuter partout. — Pendu, monsieur ! — Pendu, mon mari ! — Pendu, mon papa ! — Oh, mon dieu, lui-même ! — Comment, monsieur !... Mais, pour la singularité du fait, entrons en discussion. Vos juges de Normandie croyent avoir affaire à quelque sot. D'abord, qu'ai-je fait ? — D'abord, vous avez volé, monsieur. — Volé, monsieur ! — Volé, mon mari ! — Volé, mon papa ! — Taisez-vous, femme. Dans quel lieu ? était-ce un endroit clos ou fermé ? était-ce dans une poche ? ai-je été pris la main dedans ; et dans ce cas les circonstances ont-elles été telles que je n'ai pas pu dire que dans le moment je me trompais tout simplement de poche, et prenais celle de mon voisin pour la mienne ? a-t on au contraire trouvé l'objet volé dans ma poche ? Je pourrai dire dans cette hypothèse, que le véritable voleur, aperçu et près d'être saisi, ne trouva pas d'autre moyen que celui là pour éloigner de lui la preuve du crime. — Monsieur, il n'est plus temps de se défendre, il y a jugement. Le vol a d'ailleurs été suivi d'un homicide. — Un homicide, monsieur ! — Un homicide, mon mari ! — Un homicide, papa ! — Examinons encore la chose.... Y a-t-il eu réflexion ? est-ce dans le moment où j'ai été accusé du vol, et à l'instant même, que j'ai tué mon homme? l'ai-je tué d'un seul coup? C'était la colère alors, un mouvement dont n'est pas maître celui qu'on accuse tout à coup d'un crime qu'il n'a pas commis, qu'il est incapable de commettre. — Ces choses-là ne me regardent pas, moi, monsieur; quelles que soient les circonstances du fait, il est intervenu un jugement. — Ah! c'est que quand on suit les tribunaux avec une certaine exactitude et un certain tact.... — Monsieur, il y a jugement, et je suis chargé de faire exécuter le jugement partout où je pourrai vous appréhender au corps. — Monsieur, je connais la forme aussi bien que le fond : j'en appelle en cassation. — Le terme est expiré, monsieur. — En ce cas sauvons nous d'abord du guet à pens. » Et voilà notre homme qui s'enfuit jusque dans le clocher. Il est long-temps sans paraître; on commence à s'inquiéter; sa femme pleure, sa fille pleure, et Bobêche est fâché d'avoir poussé la plaisanterie aussi loin. — Mais notre homme reparaît bientôt à la fenêtre du clocher : « Je veux bien être pendu, s'écrie-t-il, mais à condition que ce sera dans les formes. » On s'explique alors, ou on feint de s'expliquer. Une ressemblance de nom a été cause d'une méprise ; mais monsieur Dadet, ainsi nomme-t-on celui que l'on a si cruellement tourmenté, est généreux et aime d'ailleurs les gens de justice. Il veut que l'on retienne à la noce l'huissier exécutant et son ami. On a l'air de céder à ce désir, et ce n'est que quand la fête est déjà bien avancée, et que le vin a mis tout le monde en belle humeur, qu'il reconnaît Bobêche, et qu'il s'aperçoit qu'on l'a *tout simplement* plaisanté.

Quand les gens d'une certaine classe sont à table, c'est pour long-temps ; on ne parla de revenir à Paris que le lendemain matin. M. Galimafrée et Bobêche, partant les premiers, firent route avec un des beaux parleurs de la société. « Messieurs, leur dit en route ce beau parleur, faites-moi l'aveu véritable et sincère que vous avez joliment égayé votre esprit badin, et amusé votre cœur jovial, aux dépens de la famille bizarre que nous vénons de quitter en nous éloignant d'Anières. Ah! que votre âme intimidée ne forme sur moi, à propos des paroles douteuses qui viennent d'échapper à mes lèvres imprudentes, aucunes craintes désespérantes; je hais autant que vous pouvez ne pas les aimer, ces êtres ridicules qui passent leur vie indolente et sans mouvement dans des tribunaux où ils languissent tristement depuis le commencement de l'année jusqu'au moment où un nouveau mois de janvier rappelle les hommes récréés à de nouveau travaux et à de nouvelles espérances. Quand un de nos auteurs fécond de mélodrames frappera-t-il donc d'un fouet vengeur ces ombres trompeuses de l'espèce humaine? mais *dissimulons*..... Il faut vivre avec tout le monde. Que je déteste le langage sec et aride de tous ces fréquenteurs pédantesques de dame justice ! Parlez-moi du mélodrame pour former l'esprit et le style d'un homme! Là point de mot malheureux qui n'ait son épithète : *Les phrases sagement cadencées s'arrondissent avec grâce*. Messieurs, tout est changé avec avantage chez moi, depuis que j'ai laissé prendre sur mon esprit docile un juste empire au mélodrame; rien ne s'y dit plus avec cette bourgeoisie grossière qui partout ailleurs affadit le cœur endolori. Si la nuit ma femme ressent quelque besoin pressant, elle ne me dit plus : « Mon ami, donne-moi le pot de chambre ; » elle me dit : « Mon ami étends ton bras développé soudainement, et le repliant vers moi, donne-moi le vase heureux qui est destiné à soulager l'humanité souffrante. » Ah! messieurs, il n'y a plus de gens favorisés maintenant du don précieux de savoir écrire, que les inépuisables auteurs du divin mélodrame, et ce sublime écrivain qui, pour désigner les jeunes personnes qui ne connaissent point encore les charmes trompeurs de ce monde pervers, ne dit point platement *les vierges*, mais bien avec une énigmatique éloquence : *Les fleurs mystérieuses que l'on rencontre dans les endroits solitaires!* voilà une sage périphrase, messieurs, une manière non commune de dire les choses vulgaires. On ne vous devine pas cela tout d'un coup comme les phrases hebdomadaires d'un imbécille rudiment. *Les fleurs mystérieuses que l'on rencontre dans les endroits solitaires!* Ah! que cela est beau, messieurs, j'ai été au moins deux jours sans le comprendre; et si cinq ou six de mes amis, qui ont fait une étude particulière de l'Apocalypse, n'étaient pas venus à mon secours, je ne serais jamais parvenu à m'expliquer à moi même cette phrase sublime, incomparable, digne de faire une révolution dans la littérature : *Les fleurs mystérieuses que l'on rencontre dans les endroits solitaires!* »

« Vous riez, dit Bobêche à M. Galimafrée, quand cet original les eut quittés : eh bien! c'est dans les lieux où il apprend à parler d'une manière si sublime, ou si ridicule si vous le voulez, que vous trouverez un remède à vos maux ; une femme : car quoique vous en veuillez bien aux femmes, c'est une femme qu'il vous faut, et c'est une femme qui vous guérira de cette haine contre son sexe, qui ne vient elle-même au fonds que de l'amour que vous avez eu pour une personne de ce sexe. Mais, tenez, nous voici en face du théâtre de la Gaîté. Voyez-vous cette vieille tête à perruque qui y entre avec sa femme et sa fille. La demoiselle est jolie. Entrez à leur suite, et tâchez de faire connaissance ; vous en viendrez à bout ; ça a l'air de braves gens, et de l'ordre, de l'arrangement : ils viennent de se promener et de dîner peut-être à la campagne ; leurs souliers sont poudreux, la femme et la fille en ont d'autres dans leurs sacs, qu'elles vont mettre en place. En même temps que ce changement de chaussure sert leur propreté, il va les délasser. Allez hardiment ; les femmes qui se conduisent ainsi sont ordinairement de bonnes femmes.

M. Galimafrée, que la noce d'Anières avait humanisé, suit le conseil de Bobêche, et entre au spectacle. Il est bientôt au milieu du parterre, auprès de la société avec laquelle il veut faire connaissance. Il commençait à lier une conversation assez intéressante avec le papa, sur les travaux du dernier pont, et le temps que l'on avait mis à dorer le dôme des Invalides, lorsqu'un homme, qui était placé devant eux et qui s'était fait voler son mouchoir, en regardant la parade *du monde en miniature*, avant d'entrer, s'en prend grossièrement à l'épouse du nouvel ami de M. Galimafrée, qui était, à la vérité, placée immédiatement derrière lui, et dont le sac un peu gonflé pouvait exciter ses soupçons. A peine a-t-il, par quelques mots, manifesté à ce sujet son indigne soupçon, qu'il se jette sur la maman, et met, comme on le dit, la main dans le sac. Il l'en retire bientôt en poussant des hurlemens. Les jours où l'on allait dîner à la campagne, ce sac servait de garde-manger. Dans ce moment s'y trouvait trois œufs à la coque, et des haricots verts fricassés que l'on avait renfermés dans une grimace. La grimace s'était ouverte, les œufs s'étaient brisés, et le malencontreux butor, ne sachant ce qui lui enveloppait ainsi la main de toutes parts, criait comme un écorché. Pendant que le papa, criant de son côté vengeance, déroulait un morceau de veau qu'il avait dans sa poche, pour éviter une catastrophe à peu près pareille, la demoiselle vengeait en effet sa maman, en frappant sans pitié, de son sac, la mauvaise tête, cause de tout ce désordre. Ce sac servait ordinairement d'office ; on y mettait le dessert ; des cerises et des groseilles s'y trouvaient alors en compagnie. En un moment il s'y fit une compotte, dont le jus coula à grands flots sur la tête du butor, qui, se croyant ensanglanté, se mit à crier de son côté : « Au meurtre et à l'assassin ! » Le fait éclairci, tout le monde fit chorus pour demander que l'on fît sortir l'insolent qui, par sa brutalité, avait aussi scandaleusement troublé les plaisirs du public. *A la porte ! à la porte !* voilà les cris que l'on entendait partir de tous les coins de la salle. M. Galimafrée se fit galamment l'exécuteur de cet arrêt du public, et on laisse à juger si ce lui fut une bonne note dans l'esprit de la mère et de la fille : qui venge les femmes n'est-il pas toujours sûr de leur plaire? « Fanchonette, dit le papa quand tout fut appaisé, vous êtes un peu violente, ma fille. — Papa, j'ai *re*-vengé maman. — Ah, mademoiselle ! s'écria M. Galimafrée en se penchant vers elle, voilà du moins une vivacité qui fait honneur à votre piété filiale. » Il arriva tout à propos au-dessus de sa tête pour lui sauver la chute d'une pomme que l'on jetait des troisièmes loges. « Ah, monsieur! dit le papa à M. Galimafrée, comme chacun se remettait en place, parce que l'orchestre jouait l'ouverture du second mélodrame; on est bienheureux de se trouver auprès de gens comme vous. A votre âge on a encore la force de se faire respecter; mais il est affreux qu'un honnête marchand retiré, comme moi, qui, en revenant de manger *innocemment* son morceau de veau à la guinguette, en famille, entre au spectacle pou s'amuser et s'instruire un moment, y essuie des avanies pareilles. Si c'était dans un théâtre où l'on joue des mauvaises farces, encore passe : mais dans un théâtre où l'on joue le mélodrame! Fi! l'horreur! Il n'y a plus rien de sacré pour les mauvais sujets!

On était les meilleurs amis du monde quand le spectacle finit. On s'en alla bras dessus, bras dessous. Au coin du boulevard on se régala d'un verre de tisanne, et la mère et la fille se firent tirer les cartes. « C'est une sottise, disaient-elles ensuite en poursuivant leur route, et bien fou qui s'y fierait ; mais cela fait toujours passer un moment; et puisqu'on trouve ces gens-là sur son passage, on s'en sert. »

Une jeune cuisinière, nouvellement arrivée de campagne, et qui venait d'avoir la même curiosité, n'avait pas pris la chose aussi gaiement. On lui avait dit que son amant lui était infidèle. Elle pleurait, et était bien résolue, dût-elle perdre sa place, à s'échapper le lendemain de chez ses maîtres, une heure ou deux, pour aller reprocher au traître son inconstance et sa perfidie.

On ne se quitta pas sans se promettre de se revoir, et bientôt M. Galimafrée fut l'inséparable du papa, de la maman et de la demoiselle. Point de dîner à la Courtille dont il ne fût; point de mise de loterie dans laquelle il n'eût sa part; point de promenade à Mont-Rouge ou à Vaugirard où il ne lui fût permis de venir faire les beaux bras.

On parla de mariage. Tout le monde fut en un moment d'accord. M. Simplet exigea seulement que la cérémonie se fît à Falaise ; il en était, et voulait absolument que ce fût là que sa fille dît le *oui fatal.* Chacun a ses idées, grandes ou petites. Hélas ! pourquoi M. Simplet eut-il celle-là ? Elle perdit M. Galimafrée !

CHAPITRE XIII.

Les comédiens qui jouent un trop grand rôle.

M. Galimafrée se rendit à Falaise ; et, pour imposer, prit logement dans une des meilleures auberges de la ville. M. Simplet et les siens étaient déjà arrivés, et avaient pris poste dans une petite bicoque à eux appartenant. On se voyait soir et matin, en attendant que la publication des bans eût assez vieilli pour qu'on pût s'unir enfin d'une chaîne fortunée. Un matin donc que M. Galimafrée était allé rêver au jardin de l'auberge, à quelque couplet dont il voulait régaler sa future à déjeuner, un jeune homme entre dans l'auberge : « Madame, dit-il à l'aubergiste, qu'il rencontre dans la salle commune, c'est vous qui êtes la maîtresse de la maison ? — Oui, monsieur, pour vous servir, moi, mes garçons et mes filles. — Madame, je viens loger chez vous, avec plusieurs autres personnes. — Soyez le bien-venu, monsieur. — Madame, il faudra vous montrer les passeports ? — Cela est de rigueur, monsieur. — Les voilà, madame. — Vous êtes directeur de spectacle, monsieur, et ceux que vous avez avec vous sont des comédiens ! Des comédiens, monsieur ! — Cela vous étonne, madame : j'espère au moins que cela ne vous donne aucune prévention défavorable contre nous. — Au contraire ! monsieur, au contraire! J'aime de passion les comédiens, monsieur! et telle que vous me voyez, j'ai joué la comédie bourgeoise. Oh! quelle fête je vais vous faire! je veux que l'on vous donne les plus beaux appartemens; que tout le monde vous respecte ici à l'égal de moi-même, et que..... — Moins de bruit, madame; nous voulons garder l'*incognito*. — Ah! monsieur, que me dites-vous là! — Cela nous est absolument nécessaire. — Au moins, monsieur, vous ne me refuserez pas une grâce! — Laquelle, madame? — Je veux qu'en me présentant vos comédiens, vous me désigniez chacun d'eux par l'emploi qu'il tient au théâtre. — S'il ne vous faut que cela, madame, vous serez satisfaite. — Cela me rappellera mon jeune temps, et je me croirai un moment enlevée à mes casseroles, et reportée dans les coulisses. — N'oubliez-pas cependant tout à fait vos casseroles. — Ah! soyez tranquille, monsieur; vous n'aurez pas à vous plaindre de moi de ce côté, et je vous traiterai en amis ! — Soit, madame : je vais revenir tout à l'heure avec mes comédiens ; et en vous les présentant je désignerai chacun d'eux par l'emploi qu'il tient au théâtre. »

L'aubergiste se jette aussitôt aux fourneaux et y met tout son monde. M. Galimafrée remarque tout ce mouvement et en demande la cause. Les réponses ambiguës, énigmatiques qu'on lui fait, redoublent sa curiosité. Il se cache dans un coin de la salle commune pour observer. Le directeur de spectacle arrive avec ses comédiens. — « Madame, dit-il à l'aubergiste en les lui présentant l'un après l'autre : voici notre roi ; voici son confident ; voici notre princesse ; nos capitaines des gardes sont à veiller au déballage des effets ; mais songez que nous voulons conserver l'*incognito* ; » et à la suite de l'aubergiste et de ses filles, chacun de ces personnages, qui a besoin de repos, gagne la chambre qui lui est destinée, non sans que le directeur ait remarqué M. Galimafrée qui, dans son coin, sue de ce qu'il vient d'entendre.

« Un roi ! un ministre ! une princesse ! s'écrie-t-il, quand il est resté seul ! Si à la faveur de l'*incognito* qu'ils veulent garder, on pouvait lier connaissance avec eux, s'insinuer dans leur esprit ; il y a là de bonnes places à attraper, et cela ne nuit pas au moment de faire un mariage. Voyons : ne visons pas trop haut ; tâchons d'abord de nous lier avec les capitaines des gardes : c'est déjà beaucoup ; » et il va rôder autour des pauvres diables, qui, ayant dans la troupe la commission de commander les évolutions, sont alors dans la cour, à veiller au déballage des effets.

Les questions originales qu'il leur adresse les divertissent ; ils s'amusent à le berner, et vont ensuite tout conter aux comédiens. Le directeur joint ses observations aux leurs, et il est décidé que pendant le peu de temps que l'on restera à Falaise on tâchera de se divertir aux dépens de M. Galimafrée. Celui-ci a vu s'ouvrir un des paquets que l'on sortait de la voiture : des manteaux royaux, des milliers d'ordres de chevalerie s'en sont échappés ; il ne peut plus douter de l'illustre rencontre qu'il a faite. D'ailleurs, la manière dont la chose est parvenue jusqu'à lui n'a rien qui puisse inspirer la moindre défiance. Il va rendre sa visite à sa future ; mais il est sombre, rêveur ; il tombe à chaque instant dans de profondes réflexions d'où on ne sait comment le tirer.....

Pendant ce temps les comédiens dressaient leurs batteries. Ils délibéraient, comme M. Galimafrée entre furtivement dans la salle commune. Heureusement ils l'ont aperçu ; ils font aussitôt jouer la mine qu'ils préparaient contre lui. La princesse est amoureuse depuis longtemps de M. Galimafrée. Elle le fait suivre, et le suit à la piste. Le père cédera-t-il à cette inclination, ou réservera-t-il sa fille à de plus nobles destins ? Cependant il a secrètement pris des informations sur M. Galimafrée ; il est content de son origine, et des différens rôles qu'il a joués dans le monde. C'est un homme à qui il ne manque peut-être que l'occasion pour devenir un grand homme. M. Galimafrée écoute tout cela, bien résolu d'en faire son profit ; la petite marchande qu'il est venu épouser à Falaise, a déjà perdu cent pour cent dans son cœur et dans son esprit.

Deux jours s'écoulent. En deux jours M. Galimafrée a déjà fait bien du chemin. Il s'est brouillé avec M. Simplet et avec sa fille ; il a rompu tout-à-fait avec eux sous le premier prétexte qui s'est présenté, et il en est à solliciter la main de la soi-disant princesse. On fait des difficultés ; on allégue son peu de naissance et de fortune. M. Galimafrée, comptant sur l'*incognito*, est de plus en plus pressant. Enfin on s'explique sérieusement ; car les comédiens n'ont prétendu que faire un badinage, et ils ne veulent définitivement tromper personne. M. Galimafrée reconnaît alors sa méprise, le mauvais tour qn'on lui a joué, et il n'ose se plaindre, parce qu'il n'en a réellement pas le droit. Il court chez M. Simplet pour tâcher de renouer l'affaire; mais on lui rit au nez, et on le chasse ignominieusement. Il faut alors retourner à Paris, avouer sa déconfiture au cousin Bobêche; cela est terrible, mais on a mérité son sort. Qu'est-ce qu'un écouteur aux portes? saurait-il jamais être assez puni!

CHAPITRE XIV.

Retour à Paris.—Nouvelle prétendue.—Mariage.

Le cousin Bobêche prend tout en riant, lui; c'est son caractère et son métier : il ne put entendre sérieusement le récit de cette aventure. « Ah ! vous êtes un ambitieux, cousin, dit-il à M. Galimafrée ! Comment ! vous qui avez été directeur de spectacle !—Ah ! j'y ai été pris comme un sot ! . . . Toutes les circonstances aussi ! . . . Fatale curiosité ! — Enfin je veux vous marier, et je vous marierai. Tenez, prenez ces lettres de recommandation ; elles sont de moi, et adressées à des gens qui tiennent des bureaux de mariage. — J'y vais ; cela me rendra du moins le service de me distraire... Oh ! dit-il le lendemain en venant retrouver le cousin, vos faiseurs de mariages sont comme des écarisseurs ; on ne trouve chez eux rien avec quoi l'on puisse se mettre en route ! Je veux me marier cependant ! je m'y butte à présent ! je prétends, je veux me marier !— Dites, monsieur, repart alors un gros homme noir, qui, dans un coin, crayonnait sur ses genoux une parade pour le cousin Bobêche ; dites que vous croyez que vous voulez vous marier. — Comment ! si je le crois ! mais j'en suis bien persuadé ! — Dites au moins que vous croyez que vous en êtes persuadé. Y a-t-il rien de certain dans ce monde, et peut-on assez compter sur soi-même pour parler aussi affirmativement : *Je prétends ! je veux ! je suis persuadé !* Eh bien, monsieur, moi qui ai appris par une cruelle expérience à douter de tout, et surtout de moi-même, je crois que j'ai envie de vous marier, et je crois que si vous voulez croire un moment que vous vous laissez guider et conduire par moi, je pourrai réussir. — Laisse faire ce monsieur-là, dit tout bas Bobêche à son cousin ; c'est un malin, tout original qu'il est, et je voudrais qu'il crût pouvoir me faire gagner deux cent mille fr. — Au reste, continue le gros homme noir, je crois que je vais d'abord porter de l'argent à quelqu'un à qui je crois en devoir ; et puis je crois qu'ensuite j'irai m'informer si certaine jeune fille de ma connaissance, qui croit avoir aussi envie de se marier, et que je crois être allée passer quelque temps à la campagne avec sa maman, croit en être revenue. Il est probable que vous aurez bientôt de mes nouvelles. » Et voilà notre original parti.

Son argent dans la main, il va trouver un charron à qui il devait effectivement de l'argent. « Bon, bon, lui crie de loin celui-ci, qui est un ouvrier tout rond et tout franc; vous me devez de l'argent et vous m'en apportez; cela va le mieux du monde. — Dites que vous croyez que je vous dois de l'argent, réplique l'autre en approchant. — Comment! je crois; j'en suis bien sûr, morbleu! — Pas plus que d'autre chose, notre ami. — Ah ça, mais..... expliquons-nous. — Je crois que cela est inutile — Non pas, vraiment; et il faut qu'à l'instant même.... — Il faut! il faut! quelle manière de parler! — Vous êtes venu ici pour nier votre dette et vous moquer de moi : nous allons voir beau jeu! » Et voilà notre philosophe pris au colet, et secoué en tous sens, sans qu'on puisse l'entendre; ses *je crois* et *vous croyez*, animant de plus en plus la dispute, on le mène chez le commissaire; là on s'explique; et le commissaire, après bien des cris de part et d'autre, s'aperçoit que le philosophe *croyait* venir payer son créancier quand il a eu cette terrible-dispute avec lui. Il le force à *croire* qu'il paye, et le renvoie après lui avoir fait expliquer son systême, et bien résolu de faire avertir sa famille de ce nouveau genre de folie, qui a bien son danger.

L'original s'acquitte ensuite de l'obligation qu'il s'est imposée, et revient trouver M. Galimafrée chez Bobêche. — « Hé bien, monsieur ? s'écrient à la fois les deux cousins en l'apercevant. — Eh bien, je crois, monsieur, que la demoiselle en question est revenue de la campagne. — Vous croyez; mais peut-on se présenter chez elle? — Oh, je crois qu'oui; je crois que je lui ai parlé à elle-même. — Cela suffit. » Et voilà M. Galimafrée parti pour faire sa première visite sous la protection de cet homme étrange.

On arrive. On a peine à pénétrer jusqu'à l'appartement des personnes auxquelles on a affaire : un chat venait de périr, on ne savait comment, dans l'escalier; sa vieille maîtresse le pleurait à chaudes larmes, et tous les voisins s'étaient rassemblés autour d'elle, les uns pour lui prodiguer *de douces* consolations, les autres pour insulter à son chagrin, et rire de ses pleurs.

On est enfin introduit. Le protecteur se présente avec son langage ordinaire. Il recommande son protégé avec chaleur : il *croit* que c'est un honnête homme, il *croit* qu'il a quelque bien, et qu'il cherche à faire un mariage de convenance; puis il le laisse.

Deux femmes et un homme, d'un certain âge, sont là; la demoiselle est absente. A peine le philosophe est-il sorti, qu'on s'occupe de lui. — « C'est un bien drôle d'homme, dit une des femmes, c'est un bien drôle d'homme que ce M. Delambre; avec ses *je crois* et ses *vous croyez*, il ne paraît jamais sûr de rien, et finit par vous mettre vous-même à la gêne. Quant à moi, toutes les fois qu'il vient ici je m'amuse à le persifler; mais il n'y a pas de plaisir : il ne s'en aperçoit pas..... Avez-vous remarqué, ma bonne amie, comme chacun de mes mots était appliqué et senti? Comme on dit, le ton fait la musique, et rien n'est inutile chez moi; quand j'en veux à quelqu'un, il n'y a pas jusqu'en lui disant bonjour, que je ne lui dise des injures...... Voyez-vous, ma bonne amie : « bonjour, monsieur, bonjour; » les yeux à demi-fermés, les lèvres serrées l'une contre l'autre, et faisant une espèce de sourire sardonique. — Oh! vous savez vous y prendre, ma bonne amie; malepeste! comme vous menez les gens; c'est vraiment à faire à vous; mais je connais cela aussi, moi, et je m'en sers quelquefois, comme cela se pratique; le chagrinant est lorsque les personnes ne s'aperçoivent pas qu'on a ses intentions secrètes en leur parlant. — Que voulez-vous, ma bonne amie, il y a des gens qui ne sentent pas. — On répète, on revient à la charge dans ce cas, comme cela se pratique; et il faut bien qu'un peu plus tôt ou un peu plus tard.... Mais, ma bonne amie; vous devez être satisfaite; vous allez marier votre fille : c'est un grand bonheur cela, et la demande nous en est faite par une personne dont la recherche paraît en tous sens honorable. — Madame a beaucoup d'indulgence. — Oh, pas trop, monsieur, ainsi que vous pouvez en juger par la conversation que vous venez d'entendre : vous voyez que, comme cela se pratique, j'ai par fois mes petits accès de méchanceté; mais il y a temps pour tout, et il est d'ailleurs des personnes qui savent si bien prévenir en leur faveur, qu'on ne saurait être que bonne et bienveillante avec elles.... Mais, ma bonne amie, ne verrons-nous pas bientôt ta fille ? Où est-elle donc ? — Elle s'habille là-haut, et si elle ne se dépêche pas de descendre, je vais monter la diligenter. — Oh ! madame, quelqu'empressement que j'aie de voir la charmante demoiselle dont j'ai eu l'honneur de vous faire la demande, je serais au désespoir qu'elle éprouvât le moindre désagrément à cause de moi, et je vous prie de la laisser tranquillement s'occuper de sa toilette ; elle ignore quelle visite lui est venue pendant qu'elle est à sa chambre. — Oh ! n'importe, monsieur ; plus vous êtes honnête, plus je souffre de vous voir attendre si longtemps, et il faut !.... Mais je l'entends descendre, je pense.... Tout justement, la voici.... Vous voilà, mademoiselle. —Oui, maman ; permettez-moi que je vous embrasse.... J'ai l'honneur de vous saluer, monsieur.... — Oh ! ma fille, vous saluez monsieur avec trop d'indifférence ; regardez-le bien. — Mais, maman, j'ai, je crois, l'honneur de voir monsieur pour la première fois, en ce moment. — Cela se peut, ma nièce ; mais monsieur est ici pour une cause qui fait qu'il ne vous est pas permis de vous montrer indifférente envers lui. Enfin, pour s'expliquer et ne pas vous tenir plus long-temps en suspens, monsieur, comme cela se pratique, vient vous demander en mariage. C'est un homme bien né, bien élevé, qui a même occupé jadis des postes fort honorables, et que l'on peut regarder comme un savant. Pour moi, ma nièce, je trouve que sa recherche vous est infiniment glorieuse. — Ma fille, je suis persuadée, moi, qu'elle fera votre bonheur. — Monsieur, vous avez pour vous celle qui m'a donné le jour, et celle qui, en qualité de ma tante, est pour moi une seconde mère ; vous ne pouvez manquer d'être accueilli favorablement par moi. — Mademoiselle, je tâcherai que plus tard ma personne mérite ce que je ne puis devoir encore qu'à ces considérations si puissantes sur le cœur d'une demoiselle qui a reçu une aussi bonne éducation que celle qui paraît avoir été la vôtre. — Monsieur, je crois que votre destin n'est pas seulement de plaire à la première vue, et que vous devez gagner infiniment à être connu plus particulièrement. — Allons, ma nièce, je suis très-contente de vous : je craignais de vous trouver niaise et embarrassée, comme cela se pratique ordinairement en pareil cas ; mais vous vous conduisez à merveille. — Ma fille, je vous en livre autant ; venez m'embrasser.... Ah dame, monsieur, c'est vraiment un bijou, un trésor que je vous donne, presque sans vous connaître, et à la seule recommandation de M. Delambre. Mais je connais, nous connaissons beaucoup M. Delambre, et à son originalité près, qui lui vient de malheurs grands et inattendus, c'est bien l'homme le plus estimable du monde.... Marianne!

Marianne ! donnez-nous de quoi collationner. »

Marianne, qui était la domestique de la maison, apporta effectivement une collation fort appétissante. « On ne fait jamais, dit-on, de meilleures affaires que les pieds sous la table. » Ce proverbe se vérifia ce jour-là : M. Galimafrée ne quitta la mère, la tante et la nièce, que comblé de politesses, de prévenances et d'amitiés. C'est en effet les pieds sous la table qu'on peut se faire connaître le plus avantageusement. Le vin et la bonne chair bannissent, après quelques instans, la cérémonie et la réserve; et à la fin d'un de ces repas où règne la franchise, les personnes qui étaient entièrement indifférentes l'une à l'autre, deviennent communément amies.

Le monsieur qui était avec ces dames, lorsque M. Galimafrée entra, y était resté; mais sans dire mot, sans bouger; il n'avait donné signe de vie qu'en s'approchant de la table au moment de la collation. Il sortit cependant en même temps que M. Galimafrée.

« Monsieur, je vous fais mon compliment ; vous ne faites pas là une mauvaise affaire ; vous allez épouser une jolie femme qui n'est pas sans fortune. — Monsieur, je ne cherchais pas la fortune ; mais je suis las de la vie de garçon ; je désirais ardemment unir mon sort à celui d'une jeune personne honnête, et qui appartînt à une famille respectable, et je crois que j'ai trouvé ce qu'il me faut. — Je vous en réponds, monsieur... Vous avez pu remarquer que je suis un peu négligé dans cette famille ; mais je ne l'en aime pas moins : je lui suis véritablement dévoué. — Monsieur, les vrais amis ne sont pas exigeans, surtout quand ils voyent leurs amis occupés d'affaires majeures. — A qui le dites-vous ? monsieur. Oh, oui ! je puis bien dire que je suis leur ami à ceux-là, et que lors que leur intérêt le veut, c'est bien *le cri de leur ami* que je fais entendre... Monsieur, en 1781 ils étaient dans le commerce ; par suite du malheur et de la mauvaise foi de plusieurs de leurs correspondans, ils se trouvèrent dans un grand embarras. — Et vous les en tirâtes, monsieur ? — Non, je ne pus avoir ce bonheur : ma position ne me le permit pas ; mais j'en eus une violente envie, et j'allais faire des démarches quand j'appris qu'une autre personne, plus heureuse que moi, était déjà venue à leur secours... En 1789 ils furent victimes de la révolution; leur prospérité excita l'envie : ils pensèrent périr ; on les jeta dans un cachot, les accusant d'avoir exercé des monopoles sur le peuple. — Et vous les en fîtes sortir, monsieur ? — Non pas, monsieur ; comme ils faisaient du bien dans leur quartier, s'ils avaient des ennemis ils avaient aussi des amis, et leur innocence triompha d'elle-même ; mais quand cela arriva, je commençais à sécher d'impatience de les voir injustement détenus, et je me disposais à me donner du mouvement pour les sauver... En sortant de prison, ils réfléchirent aux dangers auxquels les exposaient leur fortune, et les relations que leur état leur avaient fait avoir avec des membres du gouvernement ; et ils émigrèrent. — Et vous les suivîtes, monsieur, dans cette espèce d'exil? — Non pas ; mais ils peuvent se vanter que j'en eus une terrible envie. Il était temps que l'on fermât les chemins ; je songeais déjà à faire mes malles ! Oh ! après cela même, si j'avais pu me procurer un passeport.... Enfin, en 1796, quand j'appris que leur radiation de la liste des émigrés était obtenue, je me sentais le désir de la solliciter, et si ce ne fut pas moi qu'ils rencontrèrent le premier en arrivant à Paris, ce n'est pas que j'aie moins désiré que le plus ardent de leurs amis, d'aller à leur rencontre ; mais j'avais alors des affaires importantes, et je ne croyais pas qu'ils arriveraient si tôt. — Monsieur, dans le fait, je vois que vous avez le cœur chaud pour vos amis, et que l'idée de les servir vous vient toutes les fois qu'ils en ont besoin. — Monsieur, je n'aime pas modérément; l'amitié est chez moi une véritable passion. — Quand on est lié depuis long-temps, il en est presque toujours ainsi. L'habitude fortifie l'amitié, et en fait, en quelque sorte, un besoin du corps, comme elle est naturellement un besoin de l'âme. — Oh, monsieur! cette habitude n'est même pas nécessaire chez moi. Il suffit que les personnes m'intéressent et me plaisent à un certain point pour que je leur sois tout dévoué, et toujours prêt de faire ce qui peut leur être utile ou agréable.... Par exemple, vous, monsieur, je ne vous connais que depuis quelques momens, mais je vous fais déjà tout gagné et tout acquis... Que je voudrais vous suivre dans toutes les démarches que le mariage que vous projetez va vous faire faire continuellement auprès de mademoiselle Bontemps!... Je crois que je vous y serais d'une utilité!... Monsieur, vous allez marcher au bonheur à travers des milliers d'écueils... Vous n'avez encore vu que le beau côté de la médaille; mademoiselle Adelaïde est charmante; sa mère a un excellent cœur; madame Dupékar sa tante, est un prodige d'obligeance et d'équité... Mais ces trois têtes ne sont pás à l'abri de la séduction, des traits envenimés de la malignité humaine, et leur société.... oh! leur société!.... Monsieur, défiez-vous d'un petit homme à figure complaisante, que vous y verrez souvent; c'est le plus perfide de tous les petits hommes passés, présens et à venir : il cherchera, en captant votre confiance, à surprendre vos secrets pour les divulger ensuite en y ajoutant les circonstances les plus défavorables qu'il pourra...... C'est un homme qui nuit par désœuvrement, par habitude, et sans avoir intérêt de le faire..... On le nomme Auglate. Si son nom vous échappe, vous le reconnaîtrez à son habit marron, à ses jambes qui sont un peu en cerceaux, à son bras gauche à demi paralysé. C'est un ancien boutonnier. N'ayant rien à faire dans sa boutique, il y a contracté le vice que je viens de vous peindre, et qui en fait un homme extrêmement dangereux. Je sais sur lui des particularités qui le rendent devant moi plus petit encore que la nature ne l'a fait. Si je pouvais me trouver toujours entre vous et lui il n'oserait essayer de vous nuire.... Prenez garde à mademoiselle de St.-Front, que vous rencontrerez aussi fort souvent dans ce logis; c'est un petit tyran qui cherche à se fonder peu à peu une autorité despotique sur ceux qu'il trouve en son chemin. Si vous lui offriez ce soir le bras, pour la reconduire chez elle, demain, elle *exigerait* que vous le lui donnassiez. « Monsieur, dit-elle l'autre jour dans cette maison même, à un de mes amis, qu'elle voyait pour la première fois, et qui, ne soupçonnant pas son caractère, s'était placé sans défiance auprès d'elle : monsieur, je compte sur vous pour me reconduire chez moi. — Madame, je suis au désespoir qu'une affaire importante, qui m'impose la nécessité de rentrer de bonne heure chez moi, doive me priver de l'honneur que vous m'offrez avec tant de libéralité et de grâce. — Monsieur, je compte sur vous ; arrangez-vous pour cela. — Madame, il me sera absolument impossible de vous donner le bras. — Monsieur, il faudra cependant que cela soit ; il n'est point d'affaire qu'un homme ne doive faire céder au devoir que je vous impose en ce moment, et je compte sur vous. Je ne demeure pas loin ; à la place Cambrai seulement. — Et moi, madame, dans le faubourg St.-Martin ; jugez si cela peut s'accommoder. — Il faudra bien que cela s'accommode, monsieur : vous rentrerez une heure plus tard chez vous ; le grand malheur pour un homme ! Tenez, prenez d'avance mon parapluie. » Et l'heure étant venue de se retirer, mademoiselle de St.-Front a pris le bras de mon homme malgré lui, et l'a forcé impitoyablement de l'accompagner jusqu'à la place Cambrai, portant encore, indépendamment du parapluie, son schall, son chien, et son ridicule. Oh! mon dieu! monsieur, elle n'aurait pas plus de pitié de vous, quoique prétendu de mademoiselle Bontemps; et disant à celle-ci qu'elle vous façonne, elle vous traînerait partout à sa suite, dût-elle ainsi vous brouiller avec votre future. C'est une vieille fille qui se venge de la sorte, sur le sexe entier, de ce qu'elle n'a pas trouvé de mari à qui elle puisse faire essuyer ses caprices et ses mauvaises humeurs, et sur qui elle puisse exercer le despotisme naturel à son caractère. Elle appelle devoirs de galanterie, les obligations qu'elle cherche à imposer à tous les hommes. Je suis le seul qu'elle n'opprime point, et qu'elle redoute même. Si je pouvais sans cesse me trouver en tiers avec vous et elle, je vous réponds bien qu'elle vous respecterait, et qu'elle n'oserait rien vous dire.... Veillez de près un gros homme, à la figure rebondie et aux manières communes, que vous ne rencontrerez guère moins souvent chez madame Bontemps, que les deux dont je viens de vous faire le portrait.

Cet homme-là devient amoureux de toutes les demoiselles qui sont sur le point de se marier; il ne déclare pas son amour, parce qu'il craint trop d'être mal reçu; mais par cinquante pratiques secrètes, il cherche à retarder et à empêcher même tout-à-fait les mariages. C'est celui-là qui n'aime point à avoir affaire à moi : il sait que je le connais à fond, et que j'ai déjà déjoué plusieurs de ses indignes manœuvres ! Si je pouvais devenir votre inséparable, je vous serais caution qu'il ne mettrait aucune entrave à ce qui fait en ce moment l'objet de vos vœux..... Monsieur Mariguelle est un ancien épicier retiré du commerce, qui se croit fort entendu dans les affaires, et veut toujours se faire l'avoué de ses amis ; il va demander à voir vos papiers de famille, vos titres de propriété, si vous en avez ; et il y trouvera des défauts irremédiables, en quelque bonne forme qu'ils puissent être ; c'est encore un de ceux auxquels j'imposerais le plus facilement silence, s'il m'était loisible de jouer chez madame Bontemps le rôle assidu de votre ami et de votre protecteur.... N'écoutez-pas une petite demoiselle au maintien guindé et à la figure prude, que l'on nomme mademoiselle Aglaé ; c'est une jeune personne qui cherche depuis long-tems à se marier, et qui ne trouve pas, comme elle le disait l'autre jour si innocemment et si spirituellement : « On dit que la guerre semble avoir multiplié les hommes, et qu'il y en a autant que de pavés ; pour moi, je n'ai pas encore pu seulement en attraper la queue d'un. » En paraissant aimer mademoiselle Bontemps, et faire son éloge, elle vous dira du mal d'elle, et tâchera de vous en dégoûter.

Nous nous connaissons très-bien : elle n'ose pas faire la prude et la doucereuse devant moi ; et si je pouvais vous accompagner toujours, quand vous la rencontrerez, elle vous semblerait la meilleure personne du monde..... Ne vous défiez pas moins de cette coquette de madame du Grand-Air ; c'est une femme qui cherchera sans cesse à attirer et à fixer vos regards. Elle croit avoir un talisman dans les yeux, qui lui soumet infailliblement quiconque répond à ses œillades langoureuses, et vous ne gagneriez rien à quitter pour elle mademoiselle Bontemps ! Que dis-je ? vous y perdriez tout ! c'est une femme qui, autant qu'elle le pourra, s'entourera d'adorateurs jusqu'au dernier moment de sa vie ; mais elle n'épousera jamais personne. Dernièrement elle avait un monsieur qui lui faisait assiduement la cour, et qu'elle commençait à aimer véritablement ; on le reconnaissait à sa figure devenue plus sentimentale, aux soupirs qui lui échappaient de temps en temps, à ses manières devenues plus réservées et plus sensées. Un beau jour, qu'un sot mirliflor venait voltiger autour d'elle et réveiller son penchant à la coquetterie, elle a réfléchi qu'elle ne pouvait répondre à ses agaceries, et conséquemment s'en amuser, en conservant un amant véritable, qui prétendait à devenir son époux; et elle a aussitôt renoncé à l'amant. Voilà bien la coquetterie; c'est bien ainsi qu'elle dégrade l'esprit et qu'elle affadit le cœur. Tout le monde, depuis ce moment-là, rit de pitié en la voyant; c'est quelque chose de si pitoyable qu'une femme de trente-quatre ans qui fait la jeune folle et la jeune capricieuse de dix-huit ans, et qui sacrifie le bonheur du reste de sa vie au ridicule plaisir de persifler quelques sots qui quelquefois le lui rendent bien! C'est celle-là que j'empêcherais bien de tenter votre conquête si je pouvais continuellement me placer entre elle et vous! Je sais des choses !.... » Quelque bavard que soit un inconnu, avec lequel on se trouve par hasard à faire chemin de compagnie, il faut qu'il vienne un moment où l'on se sépare. Ce fut ce qui arriva, en effet, au grand contentement de M. Galimafrée, qui rit ensuite du nouvel original que la fortune venait de lui faire rencontrer. Celui-là n'obligeait pas en *croyant* seulement qu'il obligeait ; il avait la volonté d'obliger, et il voulait que cela fût réputé pour le fait.

On se convenait à tous égards : le mariage se fit ; M. Delambre, comme étant celui qui en avait porté les premières paroles, exigeant qu'on s'en remît à lui, de tous les préparatifs et de toutes les cérémonies. Cela ne laissa cependant pas que de nuire, vu le caractère singulier du personnage, et son maudit systême philosophique.

Quand on arriva à la municipalité, on n'y était pas attendu, parce que M. Delambre avait seulement dit la veille, qu'il *croyait* que les fiancés se présenteraient le lendemain. Heureusement il n'avait pas été chargé de la publication des bans. A l'église, rien non plus n'était disposé pour recevoir les nouveaux époux, parce que M. Delambre y avait parlé le même langage; et quand, bien harassés, bien fatigués de tous les obstacles qu'il avait ainsi fallu surmonter les uns après les autres, on arriva chez le traiteur où la noce devait se faire, on ne trouva point de repas préparé; on n'apprête point un festin sur la parole d'un homme qui dit, « qu'il *croit* que le lendemain une noce entière viendra se régaler et se divertir chez un traiteur. »

Enfin, la cérémonie faite, chacun s'en fut coucher, comme dit la chanson. C'est une jolie chose que le mariage pendant la première année, ou les douze premiers mois, si on l'aime mieux, qui suivent le jour de la noce. Les premiers jours on est encore timides l'un avec l'autre, et l'on maudit cependant les visites à faire et les visites à recevoir, qui empêchent que l'on se trouve librement ensemble. Pendant que l'on s'étudie, que l'on cherche mutuellement à se plaire, que l'on se familiarise, arriva tout doucement le moment où la petite femme s'arrondit peu à peu et devient ainsi l'objet le plus intéressant qui puisse se trouver sur la terre. Oh! si le mari porte un cœur sensible, et qu'il ait reçu de l'éducation, comme il est constant alors, soigneux, prévenant! quels doux transports fait naître par intervalles en lui l'idée de ce qui, dans quelques mois, suivra le mariage! Il mène promener sa femme, il la conduit avec précaution : c'est son bien, son trésor, et un trésor inappréciable qu'il garde comme fut jadis gardée la Toison d'or. Gardez-vous de heurter la dame, de la toucher seulement du coude en passant, vous auriez soudain une querelle, et une querelle des plus sérieuses! il vous enviera jusqu'aux regards indifférens que sa femme laissera tomber sur vous en vous voyant passer. Il cherchera avec inquiétude si ces regards n'annoncent pas trop d'intérêt, s'ils ne semblent pas être ceux d'une ancienne connaissance.

Et quand elle accouchera, le beau moment pour l'époux! surtout si ses vœux sont exaucés, si le sexe de l'enfant est ce qu'il voulait qu'il fût. Que de caresses! que de soins encore! que d'attentions! Pas un verre de tisanne, pas un bouillon qui ne passe par les mains du *cher mari*; qu'il ne goûte avant de le donner *à la petite femme*, pour s'assurer qu'il n'est pas trop chaud, et qu'il ne la brûlera point. Elle relève: c'est lui qui la conduit à l'église. Après cela, tous les soirs on le rencontrera lui donnant le bras de nouveau; désire-t-elle quelque chose, il se hâtera de le lui procurer; préfère-t-elle une promenade à une autre, il l'y conduira bien vîte en voiture; s'il ne s'en trouvait pas là, il la porterait sur son dos. Qu'une femme est intéressante pour tout le monde, mais surtout pour son mari, quand il l'aime, dans cet état de faiblesse qui suit ce moment terrible où un enfant reçoit d'elle la vie ! Que la vue de ce petit poupon, que toute une famille se passe de main en main en le couvrant de baisers, ranime bien cet intérêt si fort, si puissant de lui-même ! De sa femme, le mari court à son fils, et de son fils il revient à sa femme ; et c'est toujours avec un nouveau plaisir, avec de nouveaux transports.

C'est ainsi que se passe la première année. Mais après avoir été trop timides l'un envers l'autre, on devient trop familiers, on s'accoutume trop à se voir ; un second enfant vient, il n'est plus reçu, attendu de même ; on s'est déjà querellé sur mille choses ; on se plaint des caprices que l'on adorait dans la première grossesse. Le second enfant naît, et la *petite femme* est presque abandonnée à sa garde. Quand elle va relever, c'est sa domestique qui la conduit ; et c'est encore cette fille qui la mène à la promenade.

A mesure que l'amour s'affaiblit, le cœur s'ouvre à la jalousie; non plus à ce sentiment délicat d'une inquiétude vague qui préoccupe les amans; mais à cette défiance cruelle qui voit dans les actions les plus innocentes des perfidies noires et savamment calculées, et partout des sujets de mécontentement et de querelle. Quand on ne fait plus son devoir on craint de perdre sa place, et chacun de ceux qui en approche est un ennemi à la vue duquel on se sent saisi d'une colère déraisonnable et violente! Il ne manque pas d'ailleurs de ces mauvais sujets qui cherchent à profiter des premiers actes de mésintelligence qui éclatent entre deux jeunes époux, pour s'emparer de la femme, et en faire l'instrument honteux de leurs plaisirs. « Oh! que madame une telle est aimable! on devrait toujours voir son mari aux petits soins auprès d'elle! Comment peut-il lui laisser désirer quelque chose? Ah! cet homme-là ne connaît pas son bonheur! Si l'on était à sa place, que l'on saurait bien mieux le mériter! »

Ce ne fut cependant pas ainsi que l'on attaqua madame Galimafrée. *Un ami* de son mari, qui était très-familier dans la maison, voulut l'amener, à force de badinages, à se livrer peu à peu à lui. C'est aussi un moyen. Un baiser pris en riant et avec légèreté, peut conduire plus tard à un baiser plus marqué et plus sérieux. Une tape donnée sur l'épaule autorise à descendre plus bas dans un moment de gaîté et d'abandon; et quand on a ainsi accoutumé insensiblement une femme à une façon de rire grossière, indécente, et déplacée enfin sous tous les rapports, il n'est point d'entreprises auxquelles on ne puisse ensuite la soumettre, souvent avec succès, toujours avec impunité.

Un mari s'aperçoit bien de ces choses-là; mais il n'ose pas le laisser voir; il craint de donner de mauvaises idées à des gens qui ont peut-être jusques-là badiné innocemment, quoique mal ; de passer pour ridicule, pour jaloux enfin.

Il est rare qu'une femme, de son côté, ne reconnaisse pas dès le commencement le but secret auquel on tend. Mais les femmes aiment mieux s'amuser aux dépens des hommes qui entreprennent sur elles, que de les chasser aussitôt avec indignation et mépris : cela est dans leur caractère ; et malheureusement on en a vu beaucoup finir par tomber dans le piége avec lequel elles avaient ainsi voulu jouer, et par aimer celui dont elles n'avaient d'abord souffert l'hommage que pour se moquer, et afin de se divertir à ses dépens.

C'est par un autre de ses amis que M. Galimafrée fut solennellement averti à cet égard de ce qu'il savait déjà depuis long-temps, quoiqu'il n'osât rien en témoigner. Cet autre ami affectait de se montrer réservé et respectueux. Ses représentations furent écoutées favorablement, on lui en sut un gré infini ; et madame Galimafrée convint elle-même qu'elle avait été imprudente, et que déjà plusieurs fois les suites de son imprudence l'avaient mise dans le plus grand embarras. Le premier ami fut éconduit.

Il était naturel que M. Galimafrée donnât toute sa confiance à celui qui avait si bien veillé sur son honneur. Cependant au bout de quelque temps madame Galimafrée fut obligée de l'avertir à son tour que le *quidam* n'était qu'un hypocrite ; qu'il s'était peu à peu enhardi jusqu'à lui faire une déclaration dans les règles ; « il ne trouvait réellement de déplacé dans son prédécesseur que la manière dont il s'y prenait ; les charmes de madame Galimafrée excusaient de telles passions s'ils ne les légitimaient pas entièrement, et il était trop difficile de s'en garantir pour que l'on ne fût point pardonnable d'y avoir succombé. » Le second ami fut chassé comme le premier. Mais il en vint un troisième, un quatrième :

M. Galimafrée ayant mal reçu l'avis que sa femme lui en donna, parce qu'il prétendit, dans un moment de mauvaise humeur, que c'était elle qui s'attirait ces aventures par son étourderie, elle ne parla plus de rien : le meilleur moyen de s'aliéner les femmes, c'est de ne leur tenir aucun compte de ce qu'elles font pour prouver leur amour, et pour conserver leur vertu intacte. Alors madame Galimafrée croyant ne pouvoir plus faire fonds que sur elle-même pour repousser de telles attaques, devint intrigante en voulant persifler des intrigans. Quand un amant se déclarait après avoir longtemps joué auprès d'elle le rôle d'ami aussi désintéressé qu'assidu, pour ne pas rester compromise du coup, madame Galimafrée feignait pendant quelque temps, de manière à faire penser qu'on pourrait finir par la vaincre à force de persévérance ; elle donnait des espérances : puis tout d'un coup elle entrait en explication, motivant sa conduite, et rompait avec éclat, prenant ainsi des témoins de son respect pour ses devoirs, et de la turpitude de celui qui avait essayé de l'y faire manquer. Mais ce jeu est lui-même très-dangereux; en persiflant ainsi des fats, peu à peu madame Galimafrée devint réellement coquette, et n'eut bientôt plus d'autre plaisir que d'attirer même les hommes qui paraissaient trop prévenus en leur faveur, pour les *promener* pendant le plus long-temps qu'elle pouvait, et les abandonner ensuite à leur honte et à leur rage, au milieu des huées de tous ses amis et de tous ses voisins. Mais il est des fats qui ne souffrent pas un affront avec indifférence, et qui se sont eux-mêmes exercés à en faire de toutes les espèces aux femmes qui ont la faiblesse de les écouter, ou l'imprudence de vouloir lutter contre eux. Madame Galimafrée eut le malheur de tomber à un de ces mauvais sujets, qui sut si bien la compromettre, et en tous points mettre les apparences contre elle, qu'elle resta déshonorée de l'aventure dans l'esprit de beaucoup de gens qui n'avaient eu ni le loisir ni la facilité de suivre pas à pas sa conduite, pour se convaincre que toutes ses actions étaient innocentes, et que tous les avantages que le fat prétendait avoir obtenus sur elle, étaient des calomnies par lesquelles il cherchait à se venger du malheur même qu'il avait eu de ne rien obtenir pour prix de *ses longues assiduités et de ses fidèles soupirs*.

Quand de telles choses viennent aux oreilles d'un mari, elles lui donnent toujours de la mauvaise humeur. Il y avait d'ailleurs long-temps que la coquetterie de madame Galimafrée mettait le cœur et l'esprit de M. Galimafrée à la torture. Il se fâcha très-sérieusement, et renferma madame Galimafrée si étroitement, qu'il lui fut désormais impossible de faire de nouvelles conquêtes.

CHAPITRE XV.

La manie des animaux.

Madame Galimafrée s'ennuya bientôt dans sa retraite. M. Galimafrée ne sachant comment l'amuser, et ne voulant cependant pas la rendre malheureuse, lui donna un chat. Un chien suivit bientôt ce premier animal, et en peu de temps plus de cent oiseaux de différentes espèces se promenèrent en liberté dans les appartemens de monsieur et de madame. Madame était naturellement sensible; elle s'attacha peu à peu à tous ces animaux, que son mari ne tarda point à voir avec autant de plaisir qu'elle, et il vint un moment assez prochain où le maître et la maîtresse de la maison, et les bêtes qu'ils y avaient introduits, furent inséparables. On n'alla plus chez M. Galimafrée qu'on n'en sortît couvert des poils du chien et du chat, et de la fiente des oiseaux. Pendant tout le temps qu'on y restait, c'était un tourment perpétuel : le chien voulait, d'un côté, monter sur les genoux ; le chat, de l'autre côté, n'était pas plus raisonnable, et l'on ne savait comment se débarrasser de l'un et de l'autre. Le maître et la maîtresse criaient bien fort dans ces sortes d'occasions, mais *Dragon* et *Mimi* n'en restaient pas moins en possession de faire ce qu'ils voulaient aux dépens de toutes les personnes que le hasard ou des affaires avaient amenées. Chacun murmurait, haussait les épaules, et jurait de ne plus revenir, à moins qu'une dure nécessité ne l'y contraignît.

Avec l'amour des animaux vinrent la saleté et la négligence : à quoi bon nettoyer une chambre qui, dans deux minutes, serait aussi sale qu'elle l'était auparavant? Pourquoi laver ou cirer des meubles destinés à être continuellement couverts d'oiseaux ? Peut-on mettre de beaux habits dans un endroit qui est transformé en une véritable volière, et où il faut encore supporter les désagrémens de la mue d'un chien et d'un chat?

Du reste, mille gentillesses : un cousin venait-il, on lui parlait de *sa cousine Bebelle* ou *Moutonne* : était-ce une cousine qui se présentait, il fallait qu'elle baisât avec des transports feints ou véritables, *son petit mari*, *Azor* ou *Jupiter*, jeunes chiens de basse-cour qui promettaient d'être un jour aussi gros que de petits ânes, et qui savaient déjà mordre et déchirer.

A la suite de cette manie d'élever et d'entretenir des animaux, il en vint une autre à madame Galimafrée, qui en était une suite toute naturelle : elle ne voulut plus qu'on servît aucune viande sur sa table ; elle appelait les bouchers des assassins et déclarait leur complice, quiconque s'avisait de profiter de leurs *crimes* pour restaurer et fortifier son estomac par de bons bouillons, de bons ragoûts ou de bons rotis.

Bientôt le jardin des Plantes fut la seule promenade où monsieur et madame Galimafrée pussent se plaire. On les vit rester des heures entières en conversation avec *Martin*, et en contemplation devant le chien des montagnes qu'on y tient renfermé à côté de deux loups auxquels il ferait volontiers la guerre. M. Galimafrée avait encore une prédilection marquée pour les boucs que l'on y resserre dans des parcs : il avait lu l'ouvrage de certain savant qui prétend que dans notre figure se trouve toujours une analogie bien décidée avec un animal quelconque, et c'était aux boucs, dont il trouvait la figure noble et imposante, qu'il s'imaginait ressembler. On voyait madame Galimafrée sans cesse pendue après les grilles des singes; elle ne pouvait s'en détacher, et se persuadait reconnaître dans leurs manières souples et mignardes, celles de plus d'un de ses anciens amans.

CHAPITRE XVI.

Madame Galimafiée tombe malade.— Les médecins.

MADAME Galimafrée avait gardé de la fréquentation du grand monde et de l'envie de plaire, l'habitude d'aller les bras nus et la poitrine et les épaules presqu'entièrement découvertes. Elle gagna un rhume considérable auprès de ses bons amis les singes; et ce rhume ayant été négligé, fit en peu de temps des ravages effrayans sur la poitrine *pythagoricienne*, qu'on ne nourrissait plus que de fruits et de légumes. En même temps parut à l'un des pieds un signe douloureux, que l'on jugea être un symptôme de goutte.

M. Galimafrée appela aussitôt un médecin, ce fut celui qui lui parut avoir le plus de réputation; il ne le connaissait pas, et ne l'avait jamais vu. Il s'attendait à recevoir chez lui un de ces hommes graves et vieillis dans l'étude des maladies et des plantes, qui, pour paraître encore plus graves et plus vieux, s'enterrent sous de volumineuses perruques qui leur donnent l'air de siècles ambulans. C'est cependant, à l'heure indiquée, un jeune homme mis élégamment et à la dernière mode, qui se présente; il a à la main une très-belle rose qui lui sert à déployer les grâces de son bras. — « Que désire monsieur? — Monsieur, je viens voir la malade. — Oh! mille excuses, monsieur; mais de peur que cela ne la dérange, personne ne l'approche. — Il faut cependant bien que je l'approche, moi, monsieur; je lui suis nécessaire. — Elle se prive par prudence de la société de ses meilleurs amis, et je n'ai pas l'honneur de vous reconnaître, monsieur, comme ayant jamais figuré parmi eux. — Je le crois; c'est la première fois que je vais me présenter devant elle. — Mais vous êtes donc son parent, monsieur! — Non, monsieur, je suis le médecin chez lequel vous vous êtes inscrit ce matin; faites-moi voir de suite la malade, je vous prie, car j'ai encore beaucoup d'autres visites à faire. — Monsieur, cela est différent; n'ayant pas l'honneur de vous connaître de vue, je ne soupçonnais pas.... — Un médecin sous ces habits! encore le vieux préjugé; mais nous le détruirons, j'espère; nous le détruirons. Nous savons qu'il est de nos confrères qui tiennent à leurs lugubres habits et à leurs vastes perruques, autant qu'à la petite vérole; mais on finira par les mettre à la raison... Ah! c'est vous, madame, qui êtes la malade? voilà une toux sèche qui doit beaucoup vous fatiguer, et à laquelle il faut remédier promptement.... Voyons ce pied, que vous tenez enveloppé avec tant de soin, et dont le cher mari a parlé si longuement à mon élève. Diable! voilà une rougeur.... — Oh! il en est qui disent que c'est la goutte. La goutte à mon âge ! avec.... — Votre fraîcheur ; vous avez raison, belle dame, cela est impossible. Ce petit point rouge.... ce n'est rien, absolument rien ; nous vous ferons passer cela, belle dame ; et très-promptement. — En vérité, monsieur ? — En vingt-quatre heures ? Voyez-vous ce petit pot de pommade : eh bien, belle dame, ce sera lui qui vous guérira, et à peine l'entamerons-nous ; nous n'en prendrons pas plus gros que la tête d'une épingle. » Et le médecin Mirliflor d'opérer.

Le lendemain il n'y avait plus de rougeur en effet au pied ; mais trois jours après la goutte, chassée de ce poste, était venue se loger dans la poitrine, et elle y faisait un grand ravage. Après bien des dissertations, prétendues scientifiques, bien des remèdes administrés sans succès, l'élegant docteur fut remercié.

Tous les médecins de Paris furent ensuite appelés l'un après l'autre ; mais il se trouva que chacun d'eux avait sa maladie favorite, qu'il voulut absolument reconnaître dans la malade, d'où résultèrent cinquante traitemens différens, qui, loin de la soulager, achevèrent de l'abattre et de la mettre à deux pas du tombeau. Enfin, quand tout paraissait désespéré, un ami de la maison offrit à M. Galimafrée de lui amener un docteur qui valait à lui seul tous les autres, quoiqu'il fît moins de bruit et qu'il eût conséquemment moins de réputation. La proposition fut accueillie, comme il était naturel qu'elle le fût. On va donc chercher le docteur : il arrive.... Il examine long-temps la malade, lui fait quelques questions, et décide tout d'un coup, d'un ton à ne pas laisser lieu à replique, qu'elle a des obstructions au foie (c'était là ce que traitait ordinairement le quidam). On conteste cependant, et c'est la malade; mais il va la convaincre par des preuves plus claires que le jour. Il la soulève de son lit, et la presse fortement entre ses deux mains. (Le petit homme avait la poigne forte) Elle crie, et dès lors elle est convaincue d'avoir des obstructions au foie. Quelqu'un des assistans veut se récrier; il est lui même mis à l'épreuve. La douleur lui semble bien vive; mais il se contient, et ne crie pas; car que nous y croyons, ou que nous n'y croyons pas, nous n'aimons point à laisser voir chez nous les symptômes d'une maladie quelconque, à moins que nous ne soyons de ces maniaques, qui préfèrent les drogues au vin de Bourgogne et de Bordeaux, et que Molière a si bien peints dans son *Malade Imaginaire*.

De ce moment les remèdes affectés aux obstructions de foie, pleuvent sur cette pauvre madame Galimafrée; et parmi tous les autres brillent les pillules savonneuses; car, mesdames, quand le cas y échoit, on vous savonne tout aussi bien en dedans que vous nous savonnez en dehors. Ces remèdes adoucissent un peu le mal que madame Galimafrée ressent dans la poitrine, et l'on crie victoire.

Le docteur est un homme précieux que l'on ne saurait trop estimer, caresser; tous ses confrères sont des ignorans, et on lui devra le salut de la malade. L'incrédule qu'il a tâté commence à trembler, et à délibérer avec lui-même, si faisant un prudent aveu de l'effet qu'ont produit sur ses reins les mains *tenaillantes* du docteur, il ne se jettera pas dans ses bras. Pour l'ami qui a amené le docteur, il fait retentir la maison de ses transports de joie, des cris satisfaits de son orgueil, et de l'éloge pompeux du moderne Esculape. « On ne saurait trouver un pareil médecin ! en le procurant à madame Galimafrée, il lui a fait le plus beau présent qu'il fût possible de lui faire! il lui a sauvé la vie! » Chaque jour, nouvelles jactances à ce sujet, et nouveaux éloges de l'infaillible docteur. « Que sont tous ceux qui parcourent la même carrière que lui, et tous ceux qui l'y ont précédé? des hommes que l'on oublie avec raison, ou qui jouissent d'une réputation usurpée! le docteur *Crysonidès* est le premier de tous! ou plutôt il est le seul de tous les docteurs qui mérite ce beau titre! en vain on chercherait son pareil! en vain on voudrait lui donner un égal! la nature ne multiplie pas ses chefs-d'œuvre; ce sont des efforts qu'elle ne peut faire tous les jours.... *Dieu fit le docteur Crysonidès, et se reposa....* »

Cependant la guérison ne s'achève point. Parvenue à un certain point, l'amélioration de la situation de la malade reste là, et ne fait plus un seul pas vers la perfection.... Hélas! bientôt son état empire, redevient désespéré; et malgré les protestations et les promesses du docteur, on se croit obligé d'avertir madame Galimafrée qu'elle est dans un danger contre lequel il semble rester bien peu de ressources véritables!

CHAPITRE XVII.

Madame Galimafrée, à moitié tuée par les médecins, fait appeler un notaire, lui dicte son testament, et meurt.

MADAME Galimafrée avait autant de caractère que son mari : elle savait prendre son parti dans l'occasion, et se soumettre à la nécessité quand il était imposible de s'y soustraire. Elle ne pense dans ce moment terrible qu'à faire appeler un notaire, pour tester en faveur de son mari, qu'elle ne croit pas assez avantagé par son contrat de mariage. On va chercher le notaire le plus voisin. On le trouve prenant sa leçon d'armes, qu'il a été contraint d'interrompre à cause de crampes qui le font cruellement souffrir. Il arrive chez M. Galimafrée en frédonnant l'ariette de bravoure de l'opéra nouveau, et suivi d'un clerc qui croit qu'il est de son état de se moquer des passans, et de coudoyer les femmes âgées qu'il rencontre. On les introduit dans la chambre de la malade. Le notaire s'excuse de s'être un peu fait attendre. « Pardonnez si j'ai, quelques instans, tardé à me rendre à votre invitation. Je souffrais beaucoup quand on est venu. Mon maître d'armes en était témoin. — Votre maître d'armes, monsieur ! — Oui, monsieur : on dit dans ce moment que nous pourrions bien, tôt ou tard, avoir la guerre ; je veux me disposer en cas de malheur à lever une compagnie franche, et un officier, de cette arme surtout, ne peut se dispenser d'avoir quelques leçons d'escrime. — Et vous êtes souffrant, monsieur : on le voit à votre figure, à la violente contraction de vos nerfs. — Oh, ce n'est rien ! ce n'est rien ! c'était hier matin ma leçon de danse ; je l'ai un peu prolongée, pour être en état de figurer le soir à Tivoli, où je devais conduire des dames, et cette leçon, ainsi que les contredanses et les walses du soir, m'ont mis dans un état horrible; je suis persuadé que ce soir j'aurai des vapeurs épouvantables. — Occupons nous donc de notre testament ce matin, dit alors madame Galimafrée, car nous deux, monsieur le notaire, nous ne sommes pas dans un état à rien remettre à ce soir. Mon mari vous amuse là, monsieur, à vous faire détailler des choses.... — Ah! ma foi, ma femme, un testament m'a toujours effrayé, et c'est un crêve-cœur pour moi de te voir faire le tien. — Cela ne tue pas, mon ami. — Oh, mon dieu! moins qu'un médecin, reprend le notaire; je vous assure que la dernière fois que je suis tombé de cheval à la course du Champ-de-Mars, j'ai fait le mien, et vous voyez que je n'en suis pas mort. travaillons donc.... » Et au bout du laps de temps convenable, le testament est fait.

On le lit à la malade. Quoiqu'il fût bien fait, et parfaitement conforme aux règles du notariat, il s'y trouvait une infinité de choses qu'elle ne comprenait pas de prime abord, et qu'il fallut lui expliquer, en changeant même la plupart des termes, pour se faire entendre d'elle. Madame Galimafrée parut mieux après cet acte important : quand l'on a fait une chose que l'on croit juste, et que l'on craignait de n'avoir pas le temps de faire, on a le cœur et l'esprit plus tranquilles, et dans quelque état que soit le corps, il souffre moins quand le cœur et l'esprit sont calmes et satisfaits.

En reconduisant le notaire, M. Galimafrée lui demanda pardon de la peine que lui avait donnée sa femme. « Vous sentez, monsieur, que ma femme, quelles ques soient particulièrement ses qualités personnelles, n'est qu'une femme, et une femme est bien peu de chose en affaires ; et puis, monsieur, s'il faut dire vrai, vous employez dans vos actes une façon de parler un peu vieille, et à laquelle bien des gens instruits même, et fort instruits, de notre siècle, ont peine à se reconnaître. — C'est l'usage, monsieur. — L'usage ne peut-il pas être quelque fois à réformer ? — Voulez-vous donc tout bouleverser, monsieur ? — Non pas ; mais pourquoi, dans des actes qui devraient être à la portée de tout le monde, puisque chacun en a incessamment besoin, ne pas parler comme tout le monde ? — Eh ! monsieur, vous ôteriez au notariat toute sa dignité et toute sa sainteté ! il n'y aurait pas après cela de petit écrivain, fût-ce même un journaliste, qui ne crût en savoir et en pouvoir faire autant que nous. Des clercs étudieraient-ils pendant dix ans dans nos études, sans être encore au bout de ce temps en état d'y occuper la première place après la nôtre ? L'usage, monsieur ! l'usage ! » Et voilà notre homme parti, car il a aperçu de l'autre côté de la rue son maître de musique qui se rendait chez lui. M. Galimafrée voulait lui demander pourquoi un notaire comme lui, qui tenait tant aux anciens usages, ne sortait des mains de son maître à danser que pour entrer dans celles de son maître d'armes; mais le maître de musique avait paru tout à propos pour mettre M. Galimafrée dans l'impossibilité de commettre une indiscrétion qui aurait pu lui valoir un duel, quand les crampes de l'homme de robe auraient été passées.

Le lendemain, à sept heures du matin, madame Galimafrée était fort mal, et à midi elle était morte. « Ah! s'écria l'ami qui naguères vantait tant le docteur qu'il avait amené, voilà mon ignorant! j'étais sûr qu'il me compromettrait ici comme il m'a compromis dans toutes les maisons où je l'ai produit! foin du sot! foin de l'ignorant! foin de l'animal! — Mais il me semble qu'il y a quelques jours vous le vantiez beaucoup, et paraissiez compter sur le docteur Crysonidès ! — Je ne feignais à cet égard que pour vous consoler, pour tempérer votre douleur, en vous donnant des espérances que je n'avais pas moi-même. Madame était condamnée par tous les autres médecins, quel danger pouvait-il y avoir à la laisser entre les mains de celui-là, dont les remèdes avaient au moins l'avantage de diminuer ses souffrances et de la calmer? Mais foin soit, encore une fois, du sot! de l'ignorant! de l'animal! — *Dieu fit le docteur Crysonidès, et se reposa*, disiez-vous. — O! mon ami, en parlant de la sorte, je me moquais par des mots à double sens, en attendant que le moment fût venu de me moquer hautement! — C'est tout comme moi, dit l'homme qui avait été *tâtonné*, et n'avait osé se plaindre de peur d'être atteint et convaincu d'obstructions au foie, et que nous voyions, il y a quelques instans, trembler de tout son corps; c'est tout comme moi! tout en ayant l'air de me soumettre à son épreuve, j'ai manqué lui rire au nez ; et quoiqu'il m'eût fait bien du mal, je n'ai pas été inquiet un seul instant. »

M. Galimafrée se rendit au bureau du deuil. Il y connaissait un commis important, au moyen duquel il espérait obtenir une augmentation de pompe et une diminution de prix. Point du tout ; quand il arriva un prêtre apportait les saintes huiles au commis, et ses parens se disputaient déjà sa garde-robe.

Il fallut donc aller trouver le chef de l'établissement. M. Galimafrée lui fit un beau discours, qui ne produisit aucun effet : vendre de quoi honorer les morts, est un métier où l'on ne s'attendrit pas : il fallut payer jusqu'au dernier pan de tenture. « Hélas ! se dit M. Galimafrée, faisons cela pour elle. On n'enterre sa première femme qu'une fois ! Allons maintenant voir le curé, et que les prières ne lui manquent pas non plus ! »

M. Galimafrée, du reste bon paroissien, croyait bien savoir l'adresse de son curé : il se trompa néanmoins de maison, et il entra chez un assez mauvais sujet du quartier, qui venait d'acheter une soutane pour s'en faire un gilet et deux culottes, et qui s'amusait devant une glace à essayer ce vêtement respectable, peu fait pour les gens de son espèce. — « Que désirez-vous, monsieur? — Monsieur, je désire parler à monsieur le curé. — (L'envie diabolique de mettre la circonstance à profit pour s'amuser aux dépens d'un homme de bonne foi, prit alors au mauvais sujet.) Monsieur le curé est absent, monsieur ; sa santé l'a forcé de se retirer pour quelques jours à la campagne, et, nouvellement nommé son vicaire, c'est moi qui le remplace pendant cette absence. Quel motif vous amène, monsieur? Avez-vous une fille à confesser? — Monsieur, je viens d'avoir le malheur de perdre ma femme, et je voudrais m'arranger avec monsieur le curé, pour qu'elle fût enterrée décemment. — Monsieur, c'est toujours ainsi que cela se fait. — Je m'entends ; c'est-à-dire que je voudrais que ses funérailles eussent un certain éclat. — Eh bien, monsieur, en l'absence de monsieur le curé, arrangeons-nous, puisque c'est moi qui le remplace. Combien voulez-vous de prêtres ?— Un aussi grand nombre que la paroisse en possède, monsieur. — En ce cas, monsieur, il vous en coûtera tant. — C'est bien cher, monsieur ; ne serait-il pas possible de diminuer quelque chose ? — Impossible, monsieur. — Allons, je ne donnerai que tant. — Vous donnerez tant, monsieur, ou point de marché. — Je me résigne. — Monsieur désire-t-il que les pupitres et les stales soient couverts de noir, et veut-il aussi avoir des chaises de cette couleur pour la suite ? — Monsieur, cela est nécessaire, puisque toute l'église sera tendue en noir. — En ce cas, monsieur, il faudra payer tant. —

C'est bien cher, monsieur. — C'est le prix, monsieur. — Il n'est possible d'en rien rabattre ? — Rien, monsieur. — Oh, je ne donnerai que tant. — Monsieur, vous donnerez tant, ou point de marché. — Oh ! cette fois, je tiendrai bon. — Monsieur, vous n'y gagnerez rien. — Allons, je me retire ; ma femme qui était si ménagère pendant sa vie, n'exigera point après sa mort que je me ruine ainsi. — Ah ça, monsieur, nous voulons bien faire un petit sacrifice ; mais en vous traitant véritablement en ami, nous ne pouvons rabattre que tant : voyez si cela vous convient. — Vous avez fait la moitié du chemin, monsieur; je fais l'autre : rien de plus juste. — Il faudra encore que vous donniez tant pour les suisses, pour le bédaut, pour le sonneur et pour le sacristain. — Cela n'en finira pas ; mais je sais qu'il faut que chacun vive, quand il s'agit de mort comme d'autre chose ; et j'adhère. — Monsieur, vous pouvez compter qu'en donnant encore tant pour les chantres et pour les enfans de chœur, tout se fera le plus décemment du monde. — Mais, monsieur, monsieur le curé et vous monsieur le vicaire, accompagnerez le corps jusqu'au champ du repos, et là vous chanterez un *de profundis* sur la fosse. — Monsieur, cela est une affaire à part; il faut tant de plus. — Quoi! encore la main à la poche! Eh! monsieur, je ne donnerai que tant. — Monsieur, savez-vous que vous êtes un peu singulier; vous marchandez un enterrement comme un panier de pommes. — Eh, monsieur! pourquoi le vendez-vous de même! Cette fois je tiendrai bon, je vous en avertis. — Allons, monsieur, faisons les choses de bonne grâce. — Monsieur, je n'en démordrai pas. — Comment, monsieur? — Monsieur, cela est ainsi. — Quoi! vous vous arrêtez ainsi au dernier pas? — Monsieur, vous me voyez prêt à prendre mon chapeau, et à m'en aller. — Allons, l'église est une bonne mère qui doit compâtir aux faiblesses de ses enfans ; nous nous contenterons de ce que vous voulez donner ; mais je vous préviens que, pour l'honneur de la religion, s'il y a une voiture drapée dans le cortége, elle nous appartient de droit. — Cela est juste et convenable, monsieur. — Payez-vous sur-le-champ, monsieur ? — Non, monsieur ; comme je m'attendais à donner moins d'argent, je n'ai pas sur moi la somme nécessaire, et il faut que je l'aille chercher. — Monsieur, je vous fais observer alors, pour ne pas vous exposer à une seconde course, que si vous voulez que l'on ne vous dérange pas pendant l'office, il faudra payer d'avance l'offrande, et désintéresser la quête. — Cela suffit, monsieur. »

Monsieur Galimafrée s'en va tout en grommelant. « Eh quoi ! se dit-il, c'est à n'en pas finir. Toujours l'argent à la main. Il est vraiment ruineux de mourir à présent. La quête ! la quête ! Si c'était encore comme avant la révolution, pour les pauvres que l'on demandât; mais pour les frais du culte, quand les ministres des autels reçoivent une dotation annuelle du gouvernement! Bon cela sous une république, ou un empire qui n'osait pas rendre à la religion l'hommage qui lui est dû; mais sous un petit-fils de saint Louis, qui en arrivant ici s'est efforcé de remettre cette même religion en honneur, et de la faire réellement respecter! Oh! ces abus tomberont comme bien d'autres qui sont aussi pernicieux pour la morale. Notre bon roi ne peut tout voir en un moment; mais il a la volonté de bien faire, et à mesure qu'il reconnaîtra les abus, malheur à eux! En attendant je vais trouver un prêtre de la paroisse, que je connais un peu, et je vais tâcher par son moyen d'obtenir quelque chose. » — « Comment, lui répond ce prêtre, quand il l'a fait expliquer, monsieur le curé n'est point à la campagne, et ce n'est pas monsieur le vicaire qui vous a parlé de la sorte! Généralement parlant ce ne peut être un prêtre. On ne peut se dispenser de lever un tribut sur ceux qui, pour eux-mêmes ou pour leurs parens, demandent des cérémonies religieuses; mais on leur prescrit ce tribut comme une offrande qu'ils doivent déposer sur l'autel, et on ne marchande point, on ne pactise pas avec eux, comme quelque impie, quelque mauvais plaisant l'a fait avec vous. Cela serait de la dernière indécence, du dernier scandale : on se croirait revenu au temps où judas *Iscariote* vendait notre divin maître aux Pharisiens. Avez-vous payé d'avance? — Non. On me l'a proposé; mais j'ai répondu que je n'avais pas l'argent nécessaire dans ma bourse, et que j'allais le chercher chez moi. — Vous avez bien fait, car vous étiez probablement entre les mains de quelque escroc. Le numéro de la maison où vous avez fait cette belle rencontre? » La réponse que M. Galimafrée fit à cette question expliqua tout; car il fut prouvé en un moment qu'il n'avait été ni chez le curé, ni chez le vicaire, ni chez aucun autre prêtre de la paroisse. Quelle ville que ce Paris! Le prêtre que M. Galimafrée était venu trouver, et avec qui il avait eu cette explication, voulut le conduire lui-même chez le curé, de peur de quelque nouvelle méprise. M. Galimafrée s'arrangea avec ce dernier, et le lendemain tout se passa le mieux du monde.

Les obsèques de madame Galimafrée furent magnifiques. Une heure avant qu'on vînt la chercher, sa porte était entièrement tendue de noir, et son cercueil était exposé aux regards du public, dans un catafalque, une espèce de chapelle ardente qui excitait la curiosité et l'attention de tous les passans. Un beau corbillard et quatre voitures de deuil, dont deux drapées, vinrent bientôt le chercher. M. Galimafrée n'eut presque qu'à se louer du bureau du deuil. Il fut touché jusqu'aux larmes de la promptitude avec laquelle on fit enlever la tenture pour délivrer, sans doute, les personnes intéressées de cet appareil triste et douloureux, aussitôt qu'il ne fut plus nécessaire. Il était resté un peu en arrière, ayant à donner quelques ordres indispensables dans la maison. Quand il sortit pour rejoindre le convoi, qui n'avait pas encore tourné le coin de la rue, une partie de la tenture que l'on détachait en toute hâte, lui tomba sur la tête. Au champ du repos, la fosse n'était point encore fermée, et M. Galimafrée fouillait à sa poche afin de satisfaire les fossoyeurs qui demandaient *pour boire*, quand l'envoyé du bureau du deuil, qui, pendant le chemin, avait présidé les parens et les amis de la défunte, l'épée au côté, lui enleva son manteau de cérémonie avec une habileté qui lui laissa à peine le loisir de s'en apercevoir. Il ne trouva à redire qu'aux voitures de deuil; les chevaux lui semblèrent trop efflanqués, les harnais trop passés : la tenture du dedans des carrosses drapés lui parut trop près de tomber en lambeaux ; l'intérieur des deux carrosses ordinaires lui sembla absolument trop délabré, et ces carrosses, à l'extérieur, étaient plutôt blancs que noirs : M. Galimafrée jugea que cela venait de ce qu'ils étaient peints depuis long-temps.

CHAPITRE XVIII.

M. Galimafrée devient le secrétaire d'une espèce de savant, et ensuite d'un politique ; il sert à faire la fortune de l'un et de l'autrc.

MADAME Galimafrée avait laissé quelques rentes à M. Galimafrée, et lui-même en avait qui lui appartenaient en propre. Il pouvait donc vivre dans une liberté et une oisiveté parfaites. Ne sachant cependant quelles distractions se donner, il se fit annoncer dans les Petites-Affiches comme un homme qui cherchait de l'emploi. Il y déclarait, ce qui était vrai, qu'il savait plusieurs langues, et était même profondément instruit dans des sciences dont il n'est pas facile de trouver des adeptes. Un monsieur vint lui proposer d'être son secrétaire; le monsieur n'offrait que douze cents francs, mais douze cents francs bien payés; et l'on sait d'ailleurs, par ce que nous avons dit plus haut, que M. Galimafrée n'était pas obligé d'*attendre après ses appointemens pour vivre*. Le monsieur exigeait que, pour ses douze cents francs, M. Galimafrée lui appartînt tout entier, des pieds à la tête, et que toute sa science enfin fût à sa disposition. Le monsieur avait beaucoup d'ambition, et peu de moyens : il cherchait à devenir homme de lettres, à jeter dans le public des ouvrages qui pussent lui faire un nom et lui ouvrir la porte des honneurs: mais quelques amis, qu'il consultait sur ses essais, le détournaient de livrer à la critique son style lourd et diffus. Nos lecteurs connaissent depuis long-temps M. Galimafrée, et n'ignorent point qu'il n'était pas lui-même un homme de lettres de force à faire la réputation d'un autre, puisqu'il n'avait jamais pu faire la sienne propre. Après l'avoir mis à l'épreuve, le monsieur en jugea comme tout le monde.

Voulant cependant utiliser ce secrétaire de nouvelle espèce, il s'imagina de se faire donner par lui des leçons d'une science sur laquelle il est d'autant plus facile de tromper le commun des hommes, que peu des plus savans sont en état d'en décider. Il indiqua en même temps un cours, s'annonçant comme un professeur qui méditait depuis long-temps le dessein de rendre aisée pour les autres l'étude de ce qu'il savait lui-même. Les leçons commencèrent, et le cours s'ouvrit. Le monsieur enseignait le soir ce qu'il avait appris le matin. Dame nature, qui ne sert pas toujours les gens comme ils le voudraient, lui avait refusé une élocution brillante; il parlait difficilement et sans clarté : on attribua à cette difficulté de s'énoncer, les nombreuses fautes qu'on lui entendit faire journellement; et grâces à quelques ressorts d'intrigue qu'il sut faire jouer à propos, et habilement, son cours n'en fut pas moins, au bout de quelque temps, un des plus célèbres.

Le monsieur était laborieux; et qui ne le serait pas quand l'ambition et des commencemens de succès aiguillonnent! Il se mit à faire des gros livres, bien remplis et bien pesans, sur la science qu'il enseignait par *ricochet*. Ces livres, revus et corrigés avec soin par le sécrétaire en question, firent fortune. Les amis, les connaissances, *les hommes dévoués,* et même beaucoup de gens tout-à-fait étrangers aux intérêts de M. de***, se mirent à crier de concert, et à qui mieux mieux : « mais c'est réellement un génie, un savant, un être extraordinaire et privilégié que monsieur un tel ! Eh vite ! eh vite ! que quelque récompense glorieuse vienne honorer en lui la nation toute entière ! »

M. de*** voulut profiter du moment pour se faire recevoir dans une société littéraire et scientifique, où chacun briguait l'honneur d'être admis. « Bon ! se dit-il ; avec un peu de constance, d'adresse et de magnificence, pourquoi ne parviendrais-je pas à cet objet de tous mes vœux ? Cette société fait plus la difficile qu'elle ne l'est en effet. Je puis bien être regardé comme un savant ; mon cours est suivi et vanté, mes livres se vendent bien, et je reçois tous les jours, des hommes les plus considérés en Europe dans la carrière où je suis entré, des lettres portant pour adresse : *A l'illustre ou à l'illustrissime monsieur un tel.* Encore une fois, pourquoi cette société littéraire et scientifique me repousserait-elle de son sein ? On l'a bien vu y admettre des généraux, comme des hommes excellant dans une profession mécanique. » Et M. Galimafrée se met fièrement sur la liste des candidats, et va ensuite faire des visites à chacun des membres de l'illustrissime société. En cela M. Galimafrée n'agit point en intrigant : il ne fait que suivre un usage consacré par un grand nombre d'années ; usage, il est vrai, un peu singulier, puisqu'il veut que l'on sollicite comme une place un honneur qui devrait être décerné au plus méritant, ne fût-il jamais sorti de son grenier que pour aller chez son libraire ou chez son imprimeur.

Cela n'allait pas encore assez bien. M. Galimafrée s'aperçut que les savans de la société riaient sous cape, et il craignit que ceux-là entraînant les autres, le scrutin ne lui fût pas favorable. Comment donc gagner ces dangereux Aristarques ? M. de *** consulta son secrétaire. « Des savans, lui dit celui-ci, sont à peu près comme les dévotes ; on les prend par la gourmandise et la friandise ; donnez des goûters. — Eh bien ! oui, j'en donnerai, et qui mériteront un plus beau nom que les goûters ordinaires : je veux éblouir mon monde ; quelques indigestions, et mes gens sont à moi ! »

Bientôt il ne fut plus question que des *thés* de M. de***. Le solide s'y trouvait joint à l'agréable, et à de tels goûters on pouvait tout à la fois déjeuner, dîner et souper. Il s'y rencontrait encore des femmes charmantes qui savaient à propos distribuer des œillades et des complimens. C'est quelque chose pour un vieux savant, que d'être loué par une jolie femme au milieu d'un bon repas ; cela le réchauffe au moins autant qu'un homme transi de froid que l'on fait approcher d'un bon feu ; et je suis persuadé que s'il lui échappait alors un vers, on y trouverait de la prétention à valoir Corneille.

M. de*** commença par être un homme dont il fallait s'amuser, mais dont on ne pouvait refuser les honnêtetés; au bout de quelque temps il parut un homme aimable que l'on pouvait voir sans se compromettre ; un peu plus tard quelques mots scientifiques, soufflés par le secrétaire dans le moment où l'on servait une poularde du Mans, le firent regarder comme un homme essentiel ; et dans la dernière séance, qui fut plus brillante que toutes celles qui l'avaient précédée, il fut proclamé un illustre et illustrissime savant fait pour honorer à tous égards la société où il avait l'indulgence de demander à être admis : et M. de*** fut admis dans la société littéraire et scientifique, où il rencontra bien des gens qui au fond ne valaient peut-être pas mieux que lui.

Son premier soin fut de se défaire de son secrétaire, témoin et instrument incommode de sa fortune ; désormais il en savait assez, ou était du moins dispensé d'en savoir davantage.

M. Galimafrée s'était accoutumé à

n'être plus rien par lui-même, et à vivre d'appointemens quoique pouvant s'en passer; il s'inscrivit de nouveau dans les petites affiches. Ce fut un politique qui cette fois le prit à son service, c'est-à-dire un homme qui prétendait à fixer les regards du gouvernement, et à devenir par ce moyen, quelque chose dans *le corps social.*

Que de beaux plans, de beaux projets rédigea dans cette maison M. Galimafrée! il fallut écrire aussi, et des volumes de politique, c'est-à-dire des livres au moins aussi gros et aussi ennuyeux que ceux qu'il écrivait pour M. de***.

Au bout de dix-huit mois pendant lesquels M. Galimafrée gagna le quadruple de ses appointemens de l'année, par la patience et la complaisance qu'il lui fallut; car si la rédaction des plans et des projets étaient de lui, l'invention était de son nouveau maître, et ce nouveau maître n'était point heureux en inventions; M. la** rentra un jour plus gai que de coutume : « L'ami, dit-il en frappant amicalement sur l'épaule de M. Galimafrée, je suis très-content de vous et de votre travail, je vous dois une récompense, et je sollicite conséquemment quelque chose pour vous. — Quoi! monsieur, vous avez la bonté?... — Oh, mon Dieu, oui; je demande pour moi une place importante : quand le maître avance, le secrétaire ne recule pas; vous m'entendez, l'ami : il vaut mieux être le secrétaire d'un ministre que celui d'un simple particulier. » M. la**, suivant un usage généralement répandu, espérait plus qu'il ne devait obtenir. Il ne fut pas ministre; il eut cependant, d'après l'examen que l'on fit de lui, une place assez considérable qui n'exigeait pas de grands talens. Il offrit alors à M. Galimafrée, dont la plume l'avait seule garanti de la honte d'un refus entier, de le suivre, avec une augmentation de six cents francs d'appointemens. M. Galimafrée cria à l'ingratitude, et donna sa démission.

CHAPITRE XIX.

M. Galimafrée fait successivement deux mariages très-malheureux.

CONCLUSION DE L'HISTOIRE.

Que faire? comment employer son temps? « Parbleu! se dit un jour M. Galimafrée; il faut que je me remarie! » Il choisit une jeune fille élevée dans un pensionnat renommé, qui était assez jolie, mais qui avait cependant dans la taille un petit défaut qui, à des yeux sévères, l'eût fait passer pour bossue. M. Galimafrée avait compté sur la bonne éducation de sa femme; il se trouva qu'elle était sans ordre, prodigue, et aussi indulgente envers elle-même qu'impitoyable envers les autres. Quand madame était à la maison, tout était au pillage chez M. Galimafrée : si madame sortait, c'était pour aller dans les promenades, amuser ses adorateurs aux dépens du cher époux, et se moquer de toutes les autres femmes qui se promenaient. Quelque bien faites qu'elles pussent être, elle leur trouvait des défauts dans la taille. Madame cependant mourut des suites de ses prodigalités, qui lui faisaient faire des excès en tous genres.

M. Galimafrée, après cette leçon, voulut encore goûter du mariage : une fois qu'on a été marié, on y revient toujours, quelque plainte qu'on en fasse. Il épousa, cette fois, une femme vantée par sa sagesse et son économie. C'était une avare qui le tourmentait sans cesse, et le laissait presque mourir de faim. Heureusement son avarice la fit descendre la première au tombeau.

M. Galimafrée n'en fut pas quitte pour ce qu'il avait souffert pendant l'union conjugale : les parens de la dame, aussi amoureux qu'elle de l'argent, le firent condamner à restituer à la famille une somme reconnue dans le contrat, mais qui n'avait jamais été payée.

Depuis ce temps M. Galimafrée, révolté de l'injustice humaine, et devenu misantrope, a disparu. On ne sait où il s'est retiré, ni ce qu'il fait; s'il reparaît, et que le public accueille bien cette première partie de sa vie, on lui donnera la seconde.

Maintenant, ami lecteur, vous allez nous demander si c'est M. Galimafrée qui figura dans ces anecdotes.... Nous vous laissons à en juger.

FIN.

IMPRIMERIE DE J.-B. IMBERT.

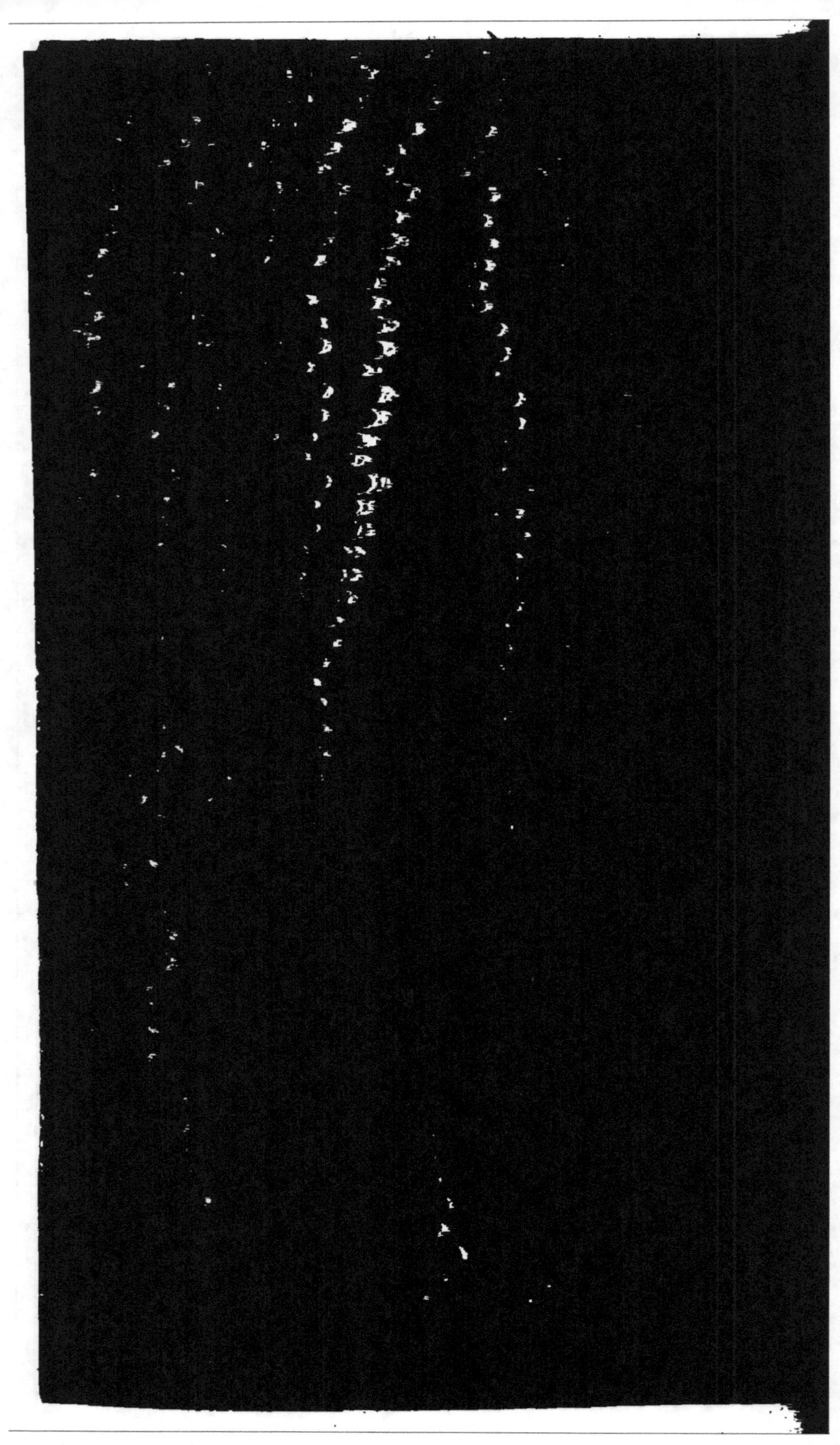

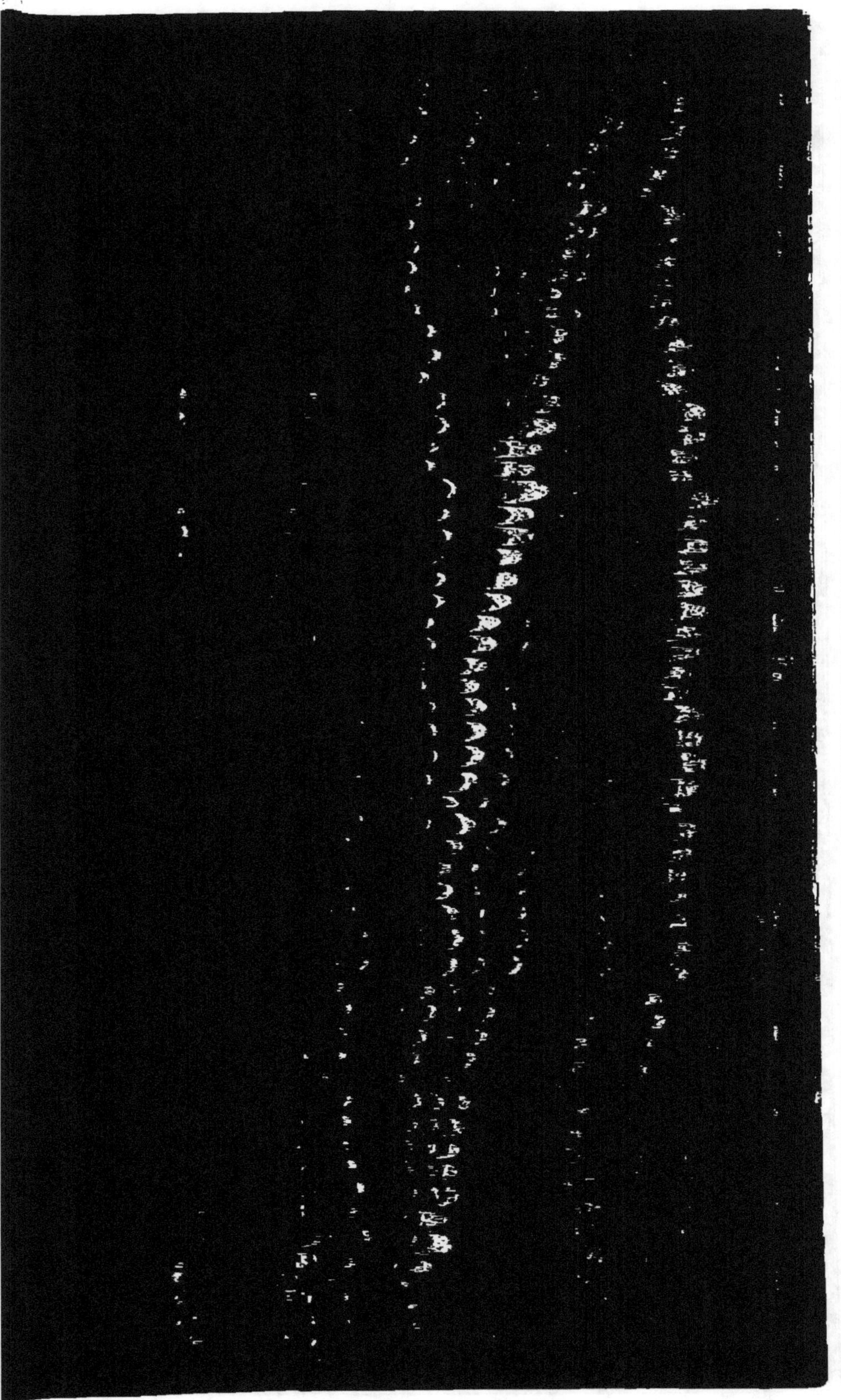

www.ingramcontent.com/pod-product-compliance
Lightning Source LLC
Chambersburg PA
CBHW070909030726
47504CB00005B/1519

* 9 7 8 2 0 1 9 6 0 6 1 1 4 *